Hanni

Eine jüdisch-christliche Liebesgeschichte
unter dem Hakenkreuz

Ulrike Blanke

Hanni

Eine jüdisch-christliche Liebesgeschichte unter dem Hakenkreuz

Ulrike Blanke

Bibliografische Information der Deutschen Nationalbibliothek:
Die Deutsche Nationalbibliothek verzeichnet diese Publikation in der
Deutschen Nationalbibliografie; detaillierte bibliografische Daten
sind im Internet über dnb.dnb.de abrufbar.

© Ulrike Blanke
1. Auflage, 2024
Verlag: BoD · Books on Demand GmbH,
In de Tarpen 42, 22848 Norderstedt
Druck: Libri Plureos GmbH,
Friedensallee 273, 22763 Hamburg
ISBN: 978-3-7597-5253-6

Inhalt

Johannas Entdeckung

Sie ist in den letzten Tagen alle Wege nochmals gegangen. Jeden Ausblick, jede Hofeinfahrt kennt sie, weiß Bescheid über das Wer, Wo und Mit-Wem. Die Gesichter, Winkel und Wege sind vertraut – und zugleich fremd. Alles noch da, aber nicht mehr Teil von ihr. Es hat aufgehört zu ihr zu sprechen. Die Häuser, die Personen und Adressen sind in ihren Augen belanglos. Selbst die Landschaft, die ihr so lieb war, ist stumm und dumpf geworden. Oder umgekehrt: Sie selbst ist schmerzhaft taub und blind für all das, weil das Entscheidende fehlt und weggebrochen ist.

Es war alles lebendig durch sie, um ihretwillen, die jetzt in der Erde ruhen. Und selbst dort nicht mehr zu finden sind. Sie haben das Licht dieser Wege und Ausblicke, den Klang der Namen mit hinab genommen in ihr Grab. Wenn sie all das wiederfinden will, darf sie nicht dort umherstreifen, wo ein Außen war. Sie müsste hinabsteigen ins Reich der Vergangenheit und von dort an sich nehmen, was bewahrt werden und bleiben soll.

Genau da kommt Johanna aber nicht weiter, öffnet sich in ihr neben der akuten Trauer eine weitere Wunde. Was weiß sie denn von der Familiengeschichte? Nie haben die Großeltern mit ihr darüber gesprochen. Warum gingen sie kurz vor dem Krieg nach England? Und kamen Ende der Fünzigerjahre aus London hierher zurück in den Süden Deutschlands?

Johanna fingert in ihrer Manteltasche nach dem Schlüssel und öffnet die Haustür. Heute ist der letzte Tag, den sie hier verbringen wird. Sie will noch einige Dinge erledigen und fühlt gleich beim Eintreten Beklommenheit. Wie eine schwere Decke, die auf ihr lastet und ihr den Atem abschnürt. Die Räume klagen sie mit leeren Fensteraugen an. Keiner wird winken, wenn sie am Abend weggehen wird. Frei gegeben zur Plünderung sind hier nurmehr tote Gegenstände versammelt. Sie wird ein paar Erinnerungsstücke auswählen. Der Rest wird den Container füllen, der auf dem Hof abgestellt ist. Schnelle Entscheidungen sind gefragt. Rasch, bevor Reue sie erfasst.

Bilder hängen nicht mehr an den Wänden, haben aber dunkle Schatten hinterlassen dort, wo ihre Rahmen die Staubpartikel anzogen; und weiße Vierecke innen, wo die Tapete vor dem Vergrauen geschützt war. So sind an die Stelle der bunten Aquarelle ihrer Großmutter Nebelbilder getreten. Johanna steht vor der Bücherwand. Rings um sie her Umzugskisten, teils voll gepackt, teils halbleer über den Fußboden verteilt. Auf den Regalbrettern stehen noch alle Bände, dicht an dicht aufgereiht, gediegenes Leinen und Leder neben Pappe; einige Buchrücken vom vielen Gebrauch verschlissen und im Stadium der Auflösung begriffen. So wie Granny und Granpa's Wohnung im Ganzen im Stadium der Auflösung ist.

Johanna neigt dazu, in allem, was ihr begegnet eine Allegorie ihres Verlustes zu sehen. Die Wandlung vom Vertrauten zum Verlorenen dehnt sich auch auf die Menschen aus. Die Verkäuferin in der Bäckerei an der Ecke kennt sie seit ihrer Kindheit. Doch heute stockte ihr Gespräch schon nach wenigen Sätzen. Der Nachbar, den sie immer traf, wenn er mit seinem Hund Gassi ging und mit dem sie regelmäßig einige Sätze wechselte, winkte heute nur von weitem. Nun sieht sie ihn durchs Fester hügelan stapfen. Diesen Weg will Johanna heute Abend selbst zum Abschied gehen. Er führt hinter Granpa's Garten in die Felder und hält eine Aussicht bereit, wenn man bis oben zur runden Kuppe des Buchbergs durchgehalten hat. Es war immer Johannas Lieblingsspaziergang. Wie oft hat sie dort auf der Bank unter der alten Linde gesessen. Neben ihr der Großvater, der ihr die Namen der Vögel nannte, während sie die Beine baumeln ließ. Wenn sie heute vom Hügel zurückkehrt, wird sie die Wohnung abschließen und das Dorf ihrer Kindheit für immer verlassen. So hat sie es sich vorgenommen.

Wenige Wochen später. Johanna ist nach Berlin zurückgekehrt und forscht in der Vergangenheit. Das Leben ihrer Urgroßmutter. Unglaublich, dass sie bisher ahnungslos in genau der Stadt gelebt hat, in der die Tragödie dieser Frau sich abspielte. Ihr kommt es vor, als versänke sie in einer Nebelwelt. Sie will Kontur bringen in ihre Vorgeschichte, will die Schleier endlich lüften. Seit sie in Granny's Bücherschrank jenes Buch mit der Widmung entdeckte, lässt es ihr keine Ruhe. »Meiner Nichte Brigitte mit herzlichen Grüßen zugeeignet. Berlin, den 25. Juli 1956, deine Tante Hildegard.«

Johannas Verwunderung und Neugier erwachten sofort. Brigitte, so hieß Granny. Doch nie hatte diese ihr etwas von Verwandten erzählt, schon gar nicht von einer Tante Hildegard, die ja folglich ihre Urgroßtante gewesen sein müsste. Dabei hatte Großmutter bis zuletzt einen klaren Kopf, berichtete von weit zurückliegenden Ereignissen ebenso spannend und farbig wie sie die gegenwärtige

Politik mit wachem Interesse wahrnahm und kommentierte. Bis in ihr hundertstes Lebensjahr, als der Schlaganfall sie dahinraffte. Von sich selbst jedoch, von ihrem eigenen Leben, erzählte Granny höchstens andeutungsweise. Wenn Johanna mehr wissen wollte, wiegelte diese ab und wedelte mit beiden Händen, als ob sie eine Fliege verscheuchen wolle. Sie muss lächeln, wenn sie an diese typische Geste denkt.

Johannas Fund ist ein Buch in blauem Leineneinband, das sich hinter einem fleckigen, eingerissenen Schutzumschlag verbirgt. ›Unter dem Schatten deiner Flügel‹ lautet der Titel. Der Autor heißt Jochen Klepper. Von ihm hat Johanna flüchtig gehört. Ein Christ, der im dritten Reich mit seiner angeheirateten jüdischen Familie unter die Räder kam. Der zerschlissene Band sah zunächst wenig spektakulär aus, Tagebücher der Jahre 1932 bis 1942, so der Untertitel. Ein gewisser Reinhold Schneider hat ein Nachwort verfasst. Johanna wollte das Büchlein gerade in die Kiste für den Sperrmüll versenken, als ihr Blick auf die Widmung in der Umschlagseite fiel. Die allerdings klang spektakulär, wie elektrisiert starrte sie darauf.

Innerhalb weniger Tage verschlang Johanna den Inhalt des Buches. Nun führt sie ihr Weg täglich zur Bibliothek. Über die Fernleihe bestellt sie alles, was über Jochen Klepper und sein Leben Auskunft geben kann. Zeitweise gleicht ihr Platz im Lesesaal einer Zelle, um sie herum Mauern aus Büchern. Während der Lektüre wird ihr zur Gewissheit, was anfangs als vage Ahnung aufblitzte. Sie gehört in diese Geschichte hinein. Als Klepper, seine Frau Hanni und deren Tochter Renate sich am 10. Dezember 1942 in Berlin das Leben nahmen, wurde diese persönliche Tragödie von der Terrorwelle des Holocaust überlagert. Eine ausgelöschte jüdisch-christliche Familie, das war in diesen Jahren kein Einzelfall. Die Verfolgten kamen der drohenden Deportation durch Freitod zuvor. Was sie jedoch ebenfalls aus den Tagebüchern erfährt: Es gab eine ältere Tochter und Schwester Renates namens Brigitte. Brigitte, die im Frühjahr 1939 mit 18 Jahren nach England auswanderte, in London einen Österreicher namens Fritz Molnar heiratete. 1942 kam deren gemeinsame Tochter Katharina zur Welt.

Endlich fügen sich die Puzzleteile zusammen, die Johannas eigene Geschichte ins Bild setzen. Brigitte und Fritz Molnar, das sind Granny und Grandpa. Sie kehrten Ende der fünfziger Jahre aus England in die Bundesrepublik zurück. Wahrscheinlich hat Jochen Kleppers ältere Schwester Hildegard damals versucht, Kontakt aufzunehmen, das Tagebuch mit der Widmung als Akt der Wiedergutmachung geschickt. Ob es daraufhin eine Begegnung gab, bleibt offen. Jedenfalls: Katharina ist der Name ihrer Mutter, die sich immer Kate rufen ließ und in Deutschland nie Fuß fasste. Als Korrespondentin verschiedener großer Zeitungen bereiste sie die Welt. Irgendwo hatte sie eine Affäre mit einem Pressemenschen, eine kurze Liebelei. Deren bleibendes Ergebnis ist sie, Johanna Molnar, genannt Jenny. Ende der siebziger Jahre in Berlin zur Welt gekommen, wuchs sie bei ihren Großeltern auf. Im Schwarzwalddorf, wo Granny und Grandpa ihr Heim gründeten und dort zurückgezogen gelebt hätten – wäre sie nicht gewesen. »Jenny, du warst immer unsere Brücke zur Welt«, sagte Granny zu ihr bei einem ihrer letzten Besuche. Als Teenager hatte sie sich über ihren altmodischen Namen beschwert. Johanna: kein Mädchen in ihrer Klasse hieß so und Claudia, von denen es gleich drei gab, wäre ihr wesentlich lieber gewesen. Da drückte Granny sie an sich und sagte: »Es tut mir leid, Liebes, aber das war meine Idee. In meinem Leben war eine Johanna die wichtigste Person überhaupt.« Als sie mehr wissen wollte, blockte Granny jedoch ab, vertröstete sie auf später.

Nun endlich: der Schlüssel zu den Geheimnissen von Mutter und Großeltern ist gefunden. Der Ariadnefaden entrollt sich, ausgehend vom Tagebuch, das sie in Händen hält. Die nebulöse Vergangenheit, über die nie mit ihr gesprochen wurde, lichtet sich. Wer als Jude nach Deutschland zurückkehrt, spricht am besten nicht darüber, nicht einmal mit den engsten Familienmitgliedern. Das war die Maxime, die ihre Großeltern auch gegenüber ihr, der Enkeltochter, nicht gebrochen haben. Zu tief hat sich ihnen der angehängte Makel eingebrannt.

»Zeit, das Schweigen zu brechen,« sagt sich Johanna und macht sich an die Arbeit. Sie recherchiert, besucht Museen, sieht Briefe ein, arrangiert Treffen mit Vertretern der Kirche und der jüdischen Gemeinde. Ein Projekt, in das sie sich mit dem Eifer der Betroffenen und um ihre Geschichte Betrogenen stürzt. Sie will ihrer Urgroßmutter Hanni Stimme und Gesicht geben.

Ein neuer Untermieter
Breslau im Frühjahr 1929

Hanni hat sich bei Schreibwaren-Obermann eine Kladde gekauft. Das Bedürfnis aufzuschreiben, was mit ihr geschieht, regte sich plötzlich.

Als wäre die Zeit stillgestanden, lange stillgestanden. Und nun läuft sie wieder voran. Als hätte jemand das Pendel einer Uhr angestoßen und nun geht sie wieder. Seit Felix' Tod war ich nur noch für die Kinder da, dafür sie großzuziehen, für ihre Zukunft zu sorgen. Die Leere in mir ignorierte ich. Allmählich regt sich etwas Neues. Ich verspüre Durst. Und Hunger. Hunger nach Erlebnissen. Ich möchte etwas empfinden, will wieder spüren, dass ich lebe. Gestern musste ich plötzlich weinen. Ich habe seit damals nicht mehr geheult, plötzlich kam es über mich, wie eine Welle.

Äußerlich geht ihr Leben weiter wie immer. Kinder, Haushalt, Arbeit, ein wenig Lektüre am Abend, falls sie dafür nicht zu müde ist. Bis zu jenem Mittwoch im März, der die Weichen neu stellt.

Es klingelt in der Mittagszeit. Hannis geheiligte halbe Stunde, in der sie nicht gestört zu werden wünscht. Den Kindern ist ihre Siesta Gesetz, deshalb gehen sie öffnen. Ihre tappenden Schritte auf dem Flur lassen ihr einen kurzen Moment, um die Frisur in Ordnung zu bringen. Innerlich Missmut und Abwehr. Wer dringt ohne Anmeldung in ihre private Burg ein?

Währenddessen hört sie, wie sich ihre beiden Schwälbchen munter unterhalten. Mit wem? – Dann ahnt sie es. Natürlich, das muss der merkwürdige Freund sein, von dem ihre Töchter erzählten: Ein netter Herr mit Hut, der sie angesprochen habe, freundlich nach ihrem Namen und ihrer Adresse fragte und sogar eine Runde Himmel und Hölle mit ihnen gehüpft sei.

All das macht sie natürlich misstrauisch. Ein fremder Mann, der sich an ihre Mädchen heranpirscht. Sie hat Brigitte aufgetragen, ihn zu bitten, dass er mit ihr Kontakt aufnehmen solle – warum eigentlich? Im Grunde will sie nur, dass er die Kinder in Ruhe lässt, da hätte es ausgereicht, den beiden den Umgang mit ihm zu untersagen. Warum also? Sie weiß es nicht.

Auf dem Flur ist es dämmrig. Ihre Augen nehmen zunächst nichts als eine dunkle Gestalt vor der Türöffnung wahr. »Na, dann komme ich wohl besser ein anderes Mal wieder. Wir wollen doch die Mama nicht um ihre Mittagspause bringen,« hört sie eine sanfte, angenehme Männerstimme sagen. Fast flüstert er. Da geht sie mit schnellen Schritten zur Tür, ruft dabei: »Nicht nötig, ich komme!« Während Gitte und Renerle sich zu ihr umdrehen, tritt sie vollends ins Licht.

»Mama, das ist er, unser Freund, der Herr Klepper«, rufen sie. Mit einem Schlag ist der Bann gebrochen, er lacht, sie lacht, die Kinder strahlen über beide Backen. »Den Freund meiner Töchter muss ich wohl auch kennenlernen dürfen,« ruft sie aus, »treten sie näher, Herr Klepper. Nehmen sie einen Tee mit mir?«

Er ist nicht, was sie einen schönen Mann nennen würde. Aber er hat etwas, das sie auf den ersten Blick fesselt und anzieht. Sein schmales blasses Gesicht unter einer hohen Stirn, Geheimratsecken an den Schläfen. Die dunklen Haare trägt er nach hinten gekämmt.

Ich schätze, er ist jünger als ich, aber nicht all zu viel. Vielleicht Mitte dreißig. Und er hat etwas an sich, was mich berührt. Dieses eigentümliche Miteinander von großem Ernst im Blick und kindlichen Zügen um die Mundpartie. Zufällig arbeitet auch er beim schlesischen Radio. Merkwürdig, dass wir uns dort noch nie begegnet sind. Am rätselhaftesten sind seine Augen, dunkel und irgendwie traurig. Alles in allem eine geheimnisvolle Erscheinung, die mich umtreibt.

Am Ende sind es tatsächlich seine Augen, in die Hanni sich verliebt, und die ihr den Weg zu seinem Inneren bahnen. Aber von Verlieben ist ja noch nicht die Rede, jedenfalls, was sie angeht. Später, viel später, wird er ihr beichten, dass er es gleich wusste. Diese Frau und keine andere werde er heiraten.

Sie sitzen also beim Tee und plaudern, Belangloses zunächst. Er lobt die wohlerzogenen Töchter, bewundert den Sekretär aus Nussbaumholz, den ihr Gatte Felix ihr einst zum fünften Hochzeitstag schenkte. Der Gast zeigt Sinn für Schönheit, ein Umstand, der Hanni für ihn einnimmt. Auch, wie er sich kleidet, gefällt ihr: Anzug, Weste, Hemd und Krawatte, sogar ein Einstecktuch, farblich abgestimmt. Dazu an der linken Hand ein Siegelring. Nicht diese legere Mode mit Schillerkragen und Pluderhosen, die in der Studentenschaft um sich greift. Später schwenkt ihr Gespräch aufs Berufliche über. Er sei Journalist und Redakteur, beschäftige sich schwerpunktmäßig mit dem Rundfunk und begleite Ausstrahlungen der schlesischen Funkstunde. – »Welch ein Zufall!«, ruft Hanni aus. »Dann hätten wir uns schon lange über den Weg laufen können. Bei der Funkstunde werden auch meine Sendungen über Mode und neue Modelle moderiert.« Nun haben die beiden ein Thema. Er legt ihr dar, dass sein eigentliches Metier die Schriftstellerei sei, er arbeite gegenwärtig an einem Roman zu einem Modethema. Ob sie ihn dabei nicht beraten könne? Gerne würde er ihr auch einige Gedichte und Novellen aus seiner Feder zukommen lassen.

Als die Mädchen aus dem Garten hereinstürmen, schaut Hanni auf die Uhr und erschrickt. Über eine Stunde sind sie und ihr Gast im Gespräch versunken. Um ein Haar hätte sie einen wichtigen Termin verpasst. Auch Herr Klepper scheint wie aus Trance zu erwachen, steht rasch auf und verabschiedet sich. Schon unter der Tür, halb im Gehen, wendet er sich allerdings noch einmal um: »Ach, übrigens, Frau Stein, wüssten Sie niemanden, der ein möbliertes Zimmer für mich hätte? Meine Bude wird mir allmählich zu eng, ich schaue mich derzeit nach einer passenden Alternative um.« Ohne auch nur eine Sekunde zu zögern, antwortet Hanni: »Das trifft sich bestens, ich vermiete im ersten Stock einige Zimmer, das größte davon wird zum Ende des Monats frei.«

Noch am gleichen Abend sitzt der neue Bekannte zum zweiten Mal in Hannis Salon, schnell werden sie handelseinig. Den Mietvertrag unterschreibt er schwungvoll aber gut leserlich mit Joachim Klepper, Breslau, den 13. März 1929.

Eine Reise nach Paris
September 1930

Sie sehen sich täglich. Gelegentlich gehen sie miteinander aus, zu Konzerten oder in die Oper.

Er ist so bewandert in allem: Kunst, Musik, Theater, Literatur, einfach alles. Gestern im Don Giovanni gewesen. Felix begleitete mich aus Pflichtbewusstsein, Jochen macht es Freude. Hinterher noch zu einem Glas Wein bei mir im Salon. Wir hatten uns so viel zu sagen. Seine Beobachtungsgabe, sein Geschmack. Interesse für Einrichtung, für alles Schöne. Er bewunderte den Sommerstrauß in der Bodenvase, auf eine solche Idee wäre Felix nie gekommen.

Immer öfter vergleicht sie ihn mit ihrem verstorbenen Mann. Das Pendel schlägt zu Jochens Gunsten aus. Felix und seine Juristerei: er war staubtrocken wie seine Paragraphen, sie glaubt fast, sie haben in vierzehn Jahren Ehe nicht halb so viel geredet wie Jochen und sie in den vergangenen neun Monaten. Obwohl der neue Untermieter zunächst schüchtern und verschlossen auf sie wirkte. Sie, Hanni, war es, die nach einigen Wochen vorschlug, dass man sich auf kollegial-freundschaftliche Weise duzen könnte.

Warum vergleiche ich? Ich war jung, als wir heirateten, ich entschied nicht, sondern ließ über mich entscheiden. Felix, damals frisch gebackener Assessor der Rechte, warb um mich,

bot mir Sicherheit, ein Heim, eine behütete Zukunft. Er war
drei Jahre älter. Im Nachhinein fühlt es sich an, als wäre er
schon immer alt gewesen.

Es verunsichert sie. Sie fragt sich, ob sie Jochen, den um so vieles Jüngeren, damit nicht überfordert. Nun weiß sie die Antwort, er gab sie auf seine feine, unnachahmlich noble Art: »Hanni, ich weiß gar nicht mehr, was ich ohne dich wäre und ich muss das zumindest einmal vor dir aussprechen, um aus deiner Antwort meine Konsequenzen zu ziehen. Du bedeutest mir mehr als je eine Frau mir bedeutete. Darf ich dich fragen, ob mein Eindruck täuscht, dass es dir ähnlich geht?«

Da wagt auch sie, ihm ihre Gefühle zu zeigen und während sie spricht, füllen seine Augen sich mit Tränen. Zum Abschied küsst er sie, innig, durstig – und doch auch keusch. Vorerst verabreden sie, es noch geheim zu halten. Die Breslauer Kreise werden früh genug den Skandal wittern und ihr Verhältnis in Klatsch und Tratsch analysieren. Egal. Hannis Lebenserfahrung hat sie gelehrt, nichts mehr auf ›was man tut oder nicht‹ zu geben. Dazu ist das Leben zu kurz.

Ihre Beziehung entwickelt sich schnell. Verlobung im März 1930, ein Jahr später die standesamtliche Trauung in Breslau. Zur selben Zeit arbeitet Klepper fieberhaft an seinem Roman und Hanni berät ihn. Wie gerne sie in diese Lücke springt. Im Grunde geht es ihm ja um so viel mehr als Mode: Der Mensch ist berufen, jeder Mensch. Man kann es verneinen, verfehlen, verkümmern lassen, ja, in gewissem Grade verfehlen alle Menschen ihre Bestimmung. Aber ER, Gott, wirbt um jeden einzelnen, ruft seine Menschen jeden Tag neu. Sich in SEINE Arme zu werfen ist des Menschen höchstes Glück und größte Freiheit, hier und ausschließlich hier erfährt man, wer man eigentlich ist.

Beredt, mit leuchtenden Augen legt Jochen vor Hanni seinen Glauben dar. Sie staunt, fühlt sich zugleich angezogen und befremdet. Dieser, sein Gott, ist so groß, allmächtig, Ehrfurcht gebietend und selbstverständlich anwesend. Ihr ist noch niemand begegnet, der so frei und selbstverständlich über seinen Glauben redet wie Jochen. Es rührt etwas in ihr an.

Jochen ist eigentlich Theologe. Ursprünglich wollte er Pfarrer werden, wie sein Vater. Eine gesundheitliche Krise hinderte ihn und führte zum Abbruch des Studiums. Immerhin arbeitet er nun für den schlesischen Kirchenfunk, fühlt sich mit seinen Sendungen als Prediger eigener Art. Hanni hat sich über ihre Stellung zur Religion lange keine Gedanken gemacht. Von Geburt her ist sie Jüdin und fügt im Geist hinzu, lediglich dadurch. Einer ihrer Großonkel väterlicherseits hat sich die Mühe gemacht, die Gerstel'sche Linie zu erforschen, er ist angeblich bis zu den mittelalterlichen Mystikern in Zfat in Palästina gelangt. Aber die religiösen Bräuche und Feste galten ihr nie etwas, schon in ihrem Elternhaus war das so. Selbstverständlich wurde am Samstag gearbeitet, die Eltern feierten Weihnachten statt Chanukka mit ihrem Kind. Man war und ist in ihren Kreisen assimiliert, ist deutsch und, als über die Grenzen hinaus tätiges Unternehmen, auch Weltbürger. Dass Hanni überhaupt etwas vom Judentum weiß, liegt am evangelischen Religionsunterricht, den sie als Schulmädchen besuchte. Dass sie etwas von *ihrem* Jüdisch-Sein weiß, liegt daran, dass es ihr die anderen immer wieder unter die Nase reiben: Hanni ist doch Jüdin. »Da kannst du noch so deutsch und assimiliert, blond und blauäugig sein, ganz dazugehören lassen sie dich nie«, hat ihr Mann einmal gesagt. Felix war darüber verbittert, kompensierte es durch Arroganz.

Und nun Jochen. Er verhält sich anders als alle, die ihr bisher begegnet sind. Nicht als wäre es egal, sondern eher, als wäre es eine Auszeichnung. Auch seine ›große Directrice‹, die Hauptfigur seines Romans, ist Jüdin, geschuldet dem Umstand, dass die Modebranche in Deutschland nun einmal zu über 50 Prozent in jüdischen Händen ist, also der Gerstel, Jacobsohn, Oppenheim. ›Leonie Mencken‹ hat er sie genannt, schildert sie als große und häßliche Dame, was Hanni wiederum beruhigt, insofern er sie selbst nicht zum Vorbild genommen haben kann. Jochens Ziel ist es, an seiner ›Directrice‹ den Gegensatz zwischen äußerer und innerer Schönheit aufzuzeigen, zwischen Vergänglichem und Ewigem.

Während Jochen Hanni seine Vorstellungen schildert, kommen ihr Bedenken, die sie freimütig äußert. »Meinst du nicht, dass all das zu idealistisch gerät? Ich denke dabei an deine Leser. Erwarten sie nicht in erster Linie, dass sie durch die Lektüre mitgenommen werden in eine Traumwelt aus Farben, Schönheit, Tanz? In elegante Gesellschaftskreise, in Liebesabenteuer und Verrat?« – Da lacht er hell auf, legte ihr seine Hand auf den Unterarm – sie bekommt eine Gänsehaut dabei – und sagt: »Hanni, genau dafür brauche ich dich. Du musst mich beraten, mir helfen, diese Farbe von Chic und modischer Kultur zu treffen.«

Im September planen sie eine gemeinsame Reise zu den Wallfahrtsorten der Mode: Berlin, Köln, Paris. Dank Hannis Beziehungen öffnen sich die Türen zur Haute Couture. Beiden ist die Vorfreude ins Gesicht geschrieben, als sie am Breslauer Hauptbahnhof von Brigitte und Renate Abschied nehmen, die in der Obhut von Freunden zurückbleiben.

Berlin brodelt. Die Wahlen vom Sonntag zuvor hallen nach. Die Braunen haben viel zugelegt, das erschreckt beide. Und überall die Armut, die mit nackten Händen nach einem greift. Das Stammhaus der Firma Gerstel am Hausvogteiplatz wird dem Bräutigam gezeigt. Hernach bummeln die Verlobten nach »unter den Linden« und durch den Tiergarten zum KadeWe. Hanni gibt vor, sich ein Abendkleid kaufen zu wollen. Jochen kann den ganzen Vorgang um Beratung, Abmessungen, Modellkataloge zu Protokoll nehmen. Am Ende kann sich die feine Dame jedoch nicht entscheiden, heuchelt, sie müsse nochmal drüber schlafen. Beiden gefällt ihr Spiel über die Maßen. Als sie auf den Platz vor dem Kaufhaus treten, prusten sie los und Jochen drückt ihr verschwörerisch den Arm. Eins der Kleider hätte ihr freilich gefallen, dunkelblauer Chiffon, auf Taille geschnitten mit halblangen Ärmeln, dazu cremeweiße Spitzenhandschuhe …

Ihre nächste Station ist Nürnberg, wo Hanni Jochen ihrer Familie vorstellt und es eine kurze, unerfreuliche Begegnung mit Berta und Albert, ihren Halbgeschwistern, gibt.

Dieser Futterneid meiner kleinen Geschwister, als wolle ich
ihnen an ihr Erbe … . Naja, Schwamm drüber, ich müsste
Vater böse sein, der meine Rechte gegenüber meiner Stiefmut-
ter, den Stiefgeschwistern nicht durchzusetzen wusste. Felix
musste sie erstreiten und seitdem ist der Kontakt gestört.
Man soll über Tote nicht schlecht reden, Vater trage ich auch
nichts nach. Aber die beiden werten Geschwister könnten
endlich erwachsen werden, Vernunft annehmen, sich selbst
kritisch betrachten; von Familiensinn will ich gar nicht re-
den.

Jochen hört hier zum ersten Mal den bitteren Unter-
ton in ihrer Stimme, den er in späteren Jahren immer
schmerzlicher registrieren wird.

Bei ihrer Weiterreise stellt sich das wunderbarste Rei-
sewetter ein. In den Vorgärten blühen Dahlien, dazu die
zweite Rosenblüte. Die Luft ist gesättigt vom Erdgeruch
der abgeernteten Felder, von reifen Zwetschgen und der
unvergleichlichen Mischung aus Wärme und ersten
Herbstahnungen. Beide stehen im Abteil des Zuges und
lassen sich die Haare vom Wind zausen. »Altweibersom-
mer«, scherzt Hanni, »und du hast die passende Braut
dazu an der Seite.« Jochen schaut schräg von oben auf sie
herab mit dem Schalk in den Augenwinkeln, den sie so
liebt und gerne öfter hervorlocken würde. »Wenn jemand im Herzen so jung und schön ist wie du, meine
Liebe, dazu so frisch und adrett wie ein Maiglöckchen:
Wer wollte hier von altem Weib sprechen?«. Dazu tätschelt er ihr die Wange. Auch Hanni selbst scheint, dass
der 13-jähriger Altersunterschied zwischen ihnen weni-

ger ins Gewicht fällt, als sie anfangs befürchtete. Sie konnte es damals kaum glauben, als sie sein Geburtsdatum erfuhr. Die Freunde allerdings, die scheint es zu beschweren …

Von Nürnberg geht es über Köln nach Straßburg. Hier verweilt das Paar zwei Tage, quartiert sich im Hotel Kleber ein und hält sich von allen Verpflichtungen frei.

Hier in Frankreich lässt auch Jochen die Rücksichten fahren. Das erste Mal, dass wir ein gemeinsames Zimmer bezogen haben. Das erste Mal, dass wir uns geliebt haben. Ich war so hungrig. Und Jochen ist ein so guter, zugleich sanfter Liebhaber. Woher er das hat? Hab' mich nicht zu fragen getraut, vielleicht ist er ja ein Naturtalent. Ich bin so glücklich und fühle mich jung, begehrenswert und begehrt. Endlich wieder! Dass ich das so gebraucht habe! All die Jahre hab ich's mir nicht eingestanden.

Früh am ersten Morgen geht es direkt vom Frühstück zu einem Streifzug in die Stadt. Vor allem das Münster zieht sie an, die gotischen Glasfenster, die Rosette, die astronomische Uhr. Beim Hinausgehen bleibt Jochen nachdenklich vor dem prächtigen Hauptportal stehen. Er mustert die in Sandstein gehauenen Frauengestalten. Links eine gekrönte Königin mit erhobenem Haupt, ein Kreuz in der Hand, rechts in Symmetrie dazu ihr Gegenstück, eine gebeugte Frau, deren Krone am Boden liegt, deren Fahne zerbrochen nach unten hängt. Dazu hat sie die Augen verbunden. Hanni ist ahnungslos, fragt nach, ob die Geschichte von einer Blinden handelt. Da erklärt er ihr die Symbolik, die Gegenüberstellung von stolzer Kirche und entthronter, blinder Synagoge. Das Judentum besiegt und in den Schatten gestellt vom Christentum. »Und das haben christliche Theologen im Brustton der Überzeugung von sich gegeben,« klagt er empört. Hanni entgegnet: »Aber ist es nicht tatsächlich so, dass ihr daran glaubt, an diese Überlegenheit des christlichen, an den Untergang des jüdischen Glaubens? – Und manchmal denke ich, ihr habt Recht …« Da sieht er sie lange und ernst an. »Hanni, was Gott mit seinem Volk vorhat, ist ein Geheimnis. Warum es Jesus Christus nicht angenommen hat, kann niemand sagen, erst recht kein Christ. Aber dass es deshalb verdammt und verworfen ist, ist einfach nicht wahr. Lies Kapitel neun bis elf im Römerbrief. Da schreibt es Paulus klipp und klar: ›Nicht du trägst die Wurzel, sondern die Wurzel trägt dich.‹ Die Wurzel, das seid ihr Juden. Jesus selbst war Jude. Und wenn du überträtest und dich taufen ließest, du bliebest Teil deines Volkes, und das meine ich als Auszeichnung.« – Es ist nach längerer Unterbrechung wieder ein theologisches Gespräch, Hanni ist beeindruckt, vor allem davon wie tolerant er denkt, welchen Horizont er ihr erschließt.

Am kommenden Tag erreichen sie Paris. Die Stimmung Deutschen gegenüber ist in Frankreich nach dem Ausgang der Wahlen nicht zum Besten. Zum Glück werden sie das Nötige in drei Tagen erledigen können.

Morgen habe ich zwei Termine bekommen können, bei Chanel und Elsa Schiaparelli. Gab vor, für unsere Firma Möglichkeiten der Zusammenarbeit sondieren zu wollen. Diese zwei Ateliers müssen Jochen reichen. Mehr Geschmack von

Mode kann er nicht bekommen. Wo, wenn nicht bei Coco ist Haute Couture? Das Problem ist nur, wie ich ihn elegant genug bekomme, dass er dort glaubhaft als mein Begleiter durchgeht. Wir werden ihm wenigstens einen passablen Anzug und Hut verpassen müssen. Und dann nichts wie weg aus der schlechten Großstadtluft und in meine geliebte Provence. Hab heute mit dem alten Bougat in Sanary telefoniert, er hätte ein Zimmer frei für uns.

Eine Sache muss ich noch aufschreiben. Unser Straßburger Andenken. In einer Antiquitätenhandlung nahe des Münsterplatzes erstanden wir eine barocke Schnitzfigur. Großartige Kunst! Wir haben uns beide auf Anhieb in diesen »Rochus« verliebt, trotz oder auch wegen seiner Pestbeulen. 15. Jahrhundert, wie der Händler meint. Jochen musste ich überreden, er ist es nicht gewohnt, sich mal gehen zu lassen und Geld auszugeben. Naja, der Kauf hat tatsächlich ein empfindliches Loch in unsre Reisekasse gerissen. Aber bevor die nächste Inflation kommt, soll man lieber was Schönes mit seinem Geld machen, das hab ich auch Jochen so gesagt. Außerdem: Mit dieser Figur ist es besiegelt: Wir beginnen, unser gemeinsames Heim zu bestücken.

Zum Abschluss verbringen die Liebenden noch eine Woche in der Provence. Von dieser südlichen Landschaft hat Hanni Jochen öfter vorgeschwärmt. Daraufhin meinte er, man könnte dort nach einem Haus für die Familie suchen. Deutschland würde ohnehin immer widerlicher in diesen Zeiten: Ruhe, Schreiben, einen Garten anlegen, das könnte ihnen tatsächlich gefallen. Allerdings ist es ihm nicht ernst damit. Jochen ist so durch und durch deutsch. Er braucht die Landschaft, den Sprachraum, um als Künstler nicht auf dem Trockenen zu sitzen.

Leben und Lieben in schweren Zeiten
Breslau Ende 1931

Hanni sitzt am Schreibtisch, vor sich das in Schweinsleder eingeschlagene Album. Es ist spät geworden. Aber das eine Foto will sie noch einkleben. Am Ende geht es sonst verloren. Sie lässt eine Seite frei, fixiert auf der folgenden ihr Hochzeitsbild: Jochen steht etwas steif und lächelt schüchtern in die Kamera. Daneben sie selbst, den Strauß weißer Nelken in der Linken, die Rechte auf Renerles Kopf. Brigitte, ihre Elfjährige, steht auf der anderen Seite des Stiefvaters und lächelt zu ihm auf. Versonnen blickt Hanni auf ihre neue Familie. Es ist schon wieder ein Dreivierteljahr vergangen seit diesem Ereignis. Keine leichte Zeit. Und es wird wohl auch weiterhin nicht einfach werden, für Jochen nicht, auch nicht für sie und die Mädchen, deren Schicksal nun mit seinem verbunden ist. Sie greift zur Füllfeder und schreibt: 28. März 1931, unsere standesamtliche Trauung.

Unsere Eheschließung war von meiner Seite her wahrlich keine Berechnung. Nun bin ich mit einem Christen verheiratet. Als Deutsche fühle ich mich sowieso. Aber Jochen und seine Familie ist deutscher als deutsch, insofern es dort keinerlei jüdische Verwandtschaft gibt. Vielleicht kommt das schon bald mir und den Mädchen zugute. Die Rechten tun ja gerade so, als würde von uns, die wir jüdischer Abstammung sind, eine Gefahr ausgehen. Und sie werden immer lauter und dreister. Einstweilen ist es eher umgekehrt: Mein Jockel wird ausgegrenzt wegen mir. Sein Vater hat ihn versto-

ßen, seine Schwestern meiden mich, wo es nur geht. Und nun
wurde ihm auch noch bei der Funkstunde gekündigt – ehe-
mals SPD, Kirchenmann und nun auch noch jüdische Ehe-
frau, er sei für die Redaktion einfach nicht mehr tragbar.

Vor wenigen Stunden rief Jochen aus Berlin an. Endlich eine gute Nachricht, sie hörte es sofort am Klang
seiner Stimme. Er hat beim Berliner Funkhaus eine aus-
kömmliche Anstellung bekommen. »Stell dir vor, Liebste,
es wird also wieder beim Radio sein. Da kann ich was,
das weiß ich. Und wenn ich dann beim ein oder anderen
Verlag noch ein Manuskript unterbringen könnte, kommen wir über die Runden.« – Ja, über die Runden kommen, ein Dach über dem Kopf und Brot auf dem Tisch,
mehr wollen sie gar nicht vom Leben. Doch selbst das ist
schwer zu erlangen in diesen Zeiten. So viele Arbeitslose.
Da wird es auch bei den Verlagen und Redaktionen eng.
Hinzu kommt, dass Jochen nicht bereit ist, sich anzupas-
sen. In seine künstlerische Freiheit will er sich nicht hin-
einreden lassen. Der Verlag wollte, dass er in seiner »großen Directrice« auf alles Jüdische verzichtet. Daraufhin
nahm er seinen Hut und zog weiter. Bitter für ihn, bitter
auch für sie selbst, denn beide haben sie viel Energie in
dieses Romanprojekt gesteckt.

Dazu kommen noch die Schwierigkeiten mit den Beu-
thenern. Wie sehr Jochen an seiner Herkunfts-Familie
hängt, war Hanni von Anfang an klar. Deshalb hat sie geholfen, als es galt, die finanzielle Schieflage nach dem
Schlaganfall des Schwiegervaters zu beseitigen. Leicht ist
das nicht gewesen. Jochen ist ohnehin immer knapp bei

Kasse, aber auch bei ihr haben sich die finanziellen Rahmenbedingungen dramatisch verschlechtert. Durch den Konkurs des Gerstel-Imperiums hat Hanni ein Drittel ihres Vermögens eingebüßt. Sie musste ihre Lebensversicherung beleihen, um für Jochen und die Seinen die nötigen Mittel zu beschaffen.

Hanni schließt die Augen, legt ihre Stirn in tiefe Falten. Die Bilder des vergangenen Sommers laufen in ihr ab wie ein Film. Zum ersten Mal verbrachten sie als Familie die Ferien in Jochens Heimat an der Oder. Noch heute brennt die Scham in ihr. Wieder spürt sie den spöttischen Blick der Schwägerinnen auf sich ruhen, wittert die Ablehnung, die ihr aus jeder Geste, jedem Wort, ja selbst im Schweigen entgegenschlug. Wie krank war das alles, wie wenig angemessen und vernünftig. Jochens hinfälliger Vater, der nichts mehr verdient. Die Mutter, die keine Abstriche an ihrem großbürgerlichen Lebensstil zu machen bereit ist. Hildegard und Margot mit ihrem kaum verhohlenen Antisemitismus. Der einzig halbwegs nette in diesem Klepper-Konsortium schien ihr der kleine Bruder Billum – und Jochen selbst natürlich.

Mit ihrer neuen Familie in Ruhe und Frieden leben, mehr will Hanni doch nicht. Aber wird man sie lassen? Dazu noch in Berlin, wo alle politischen Konflikte potenziert ausgetragen werden? Sie streicht sich mit der Hand über die Schläfe, als wolle sie böse Geister verscheuchen. Mit der freien Linken will sie das Fotoalbum zuschlagen, dabei fällt es ihr vom Tisch und bleibt offen auf dem Fußboden liegen. Während sie sich bückt, schaut sie sich das zufällig aufgeklappte Bild an. Ihre Bewegungen werden langsam. Sie legt das dicke Buch erneut auf den Tisch und bleibt lange davor sitzen. Ihre Augen werden feucht. Die Aufnahme wurde nach Felix' Beerdigung gemacht. 1925 war sie Witwe geworden, allein gelassen mit ihren beiden Töchtern, fünf und drei Jahre alt. Damals ging die Welt für sie unter. Sie sieht in ihr Gesicht, blass mit spitzem Kinn, hervorstehenden Wangenknochen. Vollkommen verlassen und ausgelaugt fühlte sie sich damals. Alt sah sie aus, und war doch sieben Jahre jünger als heute. Dann fällt Ihr Blick auf die Mädchen, die ihr in der folgenden Zeit zum Trost und Lebensinhalt wurden. Hanni muss unwillkürlich schmunzeln. Wie die beiden auf ihre Kinderart ahnten, dass es weitergehen würde. Beide lächeln schüchtern in die Kamera, Gitte umarmt Reni, die mit ihrem Mützenbommel spielt. Sie spürten wohl, dass ihre Welt Risse bekommen hatte. Aber die Katastrophe war nicht groß genug, um sie und ihren Lebenswillen zu brechen. Das hielt zugleich ihre Mutter aufrecht. Und hält sie bis heute. Nur dass noch ein zusätzlicher Grund hinzu gekommen ist. Ihre neue Liebe, das Glück, das in Gestalt Jochens zu ihr zurückgekehrt ist.

Neulich habe ich ihm gebeichtet, dass ich seinetwegen ein schlechtes Gewissen habe. Nur Nachteile und Scherereien hast du durch mich und die Kinder, flüsterte ich ihm ins Ohr. – Da wurde er todernst, schüttelte seinen Kopf: Hanni, das darfst du niemals wieder sagen; schon gar nicht denken. Es ist nämlich umgekehrt. Wenn du nicht gekommen wärest, ich wäre verrückt geworden. Du bist meine Rettung, mein Ein und Alles, mein großes, allergrößtes Glück.

Sein Glück, ihr Glück, sei's drum. In jedem Fall will Hanni es festhalten, es verteidigen, so gut sie kann. Sie wird einen Kokon spinnen für ihre Liebe. Einen Schutzwall errichten, den kein widriger Wind, keine grausame Zeit ohne weiteres wird einreißen können.

Fröhliche Leute – auf dem Papier
Berlin September 1933

Gedankenverloren steht Hanni am Fenster des Schlaf-zimmers. In den vergangenen Ferien waren sie noch ein-mal für drei Wochen in Beuthen, ihre Reisekasse gab nicht mehr her. Hanni ist nur Jochen zuliebe mitgefahren. Die kaum verhohlene Feindschaft seiner Familie macht ihr jedes Mal das Atmen schwer. Aber für ihn war es wichtig, war es gleichsam der Abschied von seiner Kind-heit. Er schrieb ein Buch darüber.

Jochen hat sein Buch fertig, unglaublich. Er hat es an den Abenden runtergeschrieben, in einem Monat. Das beflügelt uns, ihn natürlich am meisten; aber mich auch. Er hat seine Schreib-Lähmung überwunden. Jetzt gilt es nur noch einen Verlag zu finden. Der Stoff ist jedenfalls unverfänglich: Landschaft, Lustigkeit, Abenteuer am Fluss. »Der Kahn der fröhlichen Leute«, lautet der Titel. Er scheint mir gut ge-wählt. Vielleicht wendet sich ja doch alles zum Guten für uns.

Auf dem Kalender ist schon wieder das Septemberblatt obenauf. Wie schnell die Wochen verfliegen. Vor fünf Monaten sind sie hier im Südende eingezogen, haben es sich schön gemacht in der Wohnung, sind als Familie zu-sammengewachsen. Alles zum Besten, könnte man den-ken. Und doch: Ein Zuhause ist es nicht, nicht für sie, auch nicht für Jochen. Am ehesten vielleicht für die Mäd-

chen. Die scheinen sich pudelwohl zu fühlen. Die Groß-
stadt ist kaum mehr als ein Phantom hier draußen. Der
Garten, der nahe Park und das nur wenige Fußminuten
entfernte Schwimmbad dafür umso greifbarer. Nicht
einmal Brigitte, ihre Dreizehnjährige, scheint Breslau
nachzutrauern.

Heute hat Hanni getrödelt, hat sich, nachdem die
Töchter aus dem Haus waren, Zeit gelassen für ihre
Morgentoilette. Nun lässt sie den Blick durchs Schlafzimmer schweifen: jenseits des Ehebetts die rosé-creme-
weiß gestreiften Tapeten; an der Schmalseite des Raums
der alte Schrank, friesische Renaissance; dazu die beiden
Heiligenfiguren auf ihren Konsolen. Jochens kindliche
Freude beim Erwerb steht ihr vor Augen – die Stücke
wurden ihnen beim Antiquitätenhändler billig überlassen.
Es ist von Vorteil für ihr Budget, dass die Mode gerade
andere Pfade geht als ihrer beider Geschmack.

Ihr Heim kann sich sehen lassen. Fünf große Zimmer
in einer anständigen Gegend bewohnen sie. Aber Hannis
Seele ist rastlos, findet keinen Halt außer an ihm, an Jochen. Er ist heute im Verlag, ein Projekt bei Ullstein, das
ihn fordert in einem Maß, das in keiner Relation zur Ent-
lohnung steht. Doch was bleibt ihm übrig? Seit seiner
Entlassung beim Funkhaus sind sie auf jede Mark angewiesen, die er – egal wie und wo – verdient.

Hanni gegenüber der schmale hohe Spiegel. Sie zwingt
sich hineinzusehen, sich selbst in die Augen zu schauen.

Ich hab mich heute früh lang im Spiegel angeschaut, was
sonst nicht meine Art ist. Ich werde alt, unbestreitbar. Links
über der Schläfe zeigt sich neuerdings eine graue Strähne,

die Falten an den Mundwinkeln werden tiefer. Und ich finde mich hager. Obwohl ich esse wie immer, werde ich immer knochiger. Neulich habe ich Jochen gegenüber beklagt, dass er viel zu jung und schön ist für mich alte Frau. Es war halb im Scherz gesagt. Aber er hat trotzdem meine Traurigkeit gespürt und mich zärtlich umarmt, »für mich bist und bleibst du die Schönste« gesagt.

Im November wird sie dreiundvierzig. Was hat sie erreicht? Was soll noch werden? Dass sie Jochens Wunsch nach einem gemeinsamen Kind nicht erfüllen kann, grämt sie. Als er ihr seinerzeit die Wohnung zum ersten Mal am Telefon beschrieb, er schon in Berlin, sie noch in Breslau, wandte sie ein, dass ihnen vier Zimmer wohl reichen würden. Darauf erwiderte er ohne auch nur eine Sekunde zu zögern: »Hanni, vergiss nicht unser Kind! Wenn wir erst zu fünft sind …«, brach dann unvermittelt ab, sie hat bis heute den Sehnsuchtston seiner Stimme im Ohr. Nun, nach über zwei Jahren Ehe, hat sie Gewissheit gebraucht. Der Arzt, der sie gründlich untersuchte, sah sie nachdenklich an. »In ihrem Alter und bei Ihrer Konstitution, Frau Klepper … ich rate dringend ab. Und überlegen Sie doch mal, Sie sind Jüdin − . Haben Sie nicht genug Sorgen, Ihre beiden Töchter durch diese schweren Zeiten zu bringen?« Dr. Schubert ist selbst Jude. Er weiß, wovon er redet.

Sie hat eine Woche gezögert, ehe sie es Jochen gebeichtet hat. Dann fasste sie sich ein Herz. Er weinte, schämte sich zugleich dafür und zog sie entschuldigend an sich. Keine Worte. Sie weiß auch so, wie groß seine Enttäuschung ist. Vielleicht wäre ein Kind zum Motor seiner stockenden Kreativität geworden. Das wiederum deprimiert sie tief. Um seinetwillen hätte sie die späte Schwangerschaft wohl auf sich genommen. – Wobei sie sich am Grund ihrer Seele auch die Erleichterung eingesteht. In ihrer ersten Ehe ist sie erst nach neun Jahren schwanger geworden. Ihre beiden Töchter wurden dann kurz hintereinander geboren. Schon bei Brigitte war es nicht leicht, viel Übelkeit, die erste Zeit hatte sie abgenommen anstatt zu. Bei Reni wurde es richtig heikel, wäre beinahe schlecht ausgegangen. Nach ihrer zweiten Niederkunft brauchte sie ein volles Jahr, um wieder zu Kräften zu kommen. Nun muss Jochen den Preis dafür zahlen, dass er eine um so vieles ältere Frau geheiratet hat. Sein Vater wird triumphieren, allerdings: der Kontakt nach Beuthen ist ja abgebrochen. Diese Kälte, Ablehnung, Feindseligkeit, die Hanni von seiner Familie entgegen gebracht wird, verursacht bei ihr eine Gänsehaut, wenn sie nur daran denkt. Neid, Vorurteile und Unwissen zuhauf. Man denkt dort, sie seien reich. Dabei müssen sie haushalten, jede zusätzliche Mark genau kalkulieren. »Gegen deine Familie bist du hartherzig und der verfluchten Judenbande steckst du alles rein.« Diesen Satz seiner Schwester Hildegard hat sie zufällig mitgehört, sonst hätte ihn Jochen ihr gegenüber sicherlich verschwiegen.

Plötzlich hört Hanni in ihrem Rücken die hellen Stimmen ihrer Töchter. Sie erwacht wie aus Trance, taucht aus ihrem Gedankenlabyrinth auf. Ruckartig dreht sie sich zum Fenster, sieht die beiden schon auf halbem

Weg zwischen Gartenpforte und Haustür. Renerle, wie immer, hüpft einen Schritt vor Gitte, ihren Tornister am Riemen über dem Kopf wie einen Propeller schwingend. Schon Schulschluss, ist das möglich? Ein schneller Seitenblick auf den Wecker, sie fährt sich durchs Haar und eilt aus dem Zimmer.

Beim Mittagessen ist die Stimmung ausgelassen. Jochen speist mit ihnen. Reni, die eine vollendete Schauspielerin abgeben würde, führt das Wort. Wie sie ihren Lateinlehrer nachahmt, zum Totlachen. »Der Zeitler kann sein Sächsisch einfach nicht abstellen.»Qoud liced jouvi, non liced bouvi,« so hat er heute zu mir gesagt, als ich mich zurückgelehnt und meine Füße aufs Pult gelegt habe. Er selbst macht das andauernd. Aber ist ja klar, er, unser Jubbiter – dabei spricht sie auch diesen Namen so ursächsisch wie möglich aus – darf seine Stinkföße vor unseren Nasen ausbreiten. Wir, die Ochsen, sollen brav und sittsam, aufrecht und stramm dasitzen wie ein deutsches Mädel. Hat der 'ne Ahnung, wie Ochsen stinken können! Die Strafarbeit war's mir wert.« – Alle lachen sie, am lautesten Jochen. Er hat seine Stieftochter ins Herz geschlossen. Und sie ihn.

Nur Brigitte wird gleich wieder ernst, wirkt bedrückt, in sich gekehrt, anders als sonst. Hanni hat sich vorgenommen ihre Große nachher beiseite zu nehmen, um etwas aus ihr herauszubekommen. Es geht mit ihr schon Tage so. Da kommt Jochen ihr zuvor. Er braucht die Familie als seinen Hafen, als Hort der Geborgenheit. Daher spürt er mit seismographischer Genauigkeit jede Erschütterung, die sich anbahnt. – »Gitte, du wirkst so bedrückt,« beginnt er. Dabei liegt seine Hand auf dem

Unterarm der Dreizehnjährigen, die neben ihm am Tisch sitzt und, obwohl sie normalerweise eine gute Esserin ist, noch den größten Teil ihres Hackbratens auf dem Teller liegen hat. Mehr braucht es nicht, um die Schleuse zu öffnen, die angestaute Verzweiflung, Wut und Bitterkeit an den Tag zu bringen. »Denkt euch nur, Irmgards Vater hat ihr den Umgang mit mir verboten. Weder darf ich mehr zu ihr, noch soll sie mich hier besuchen. Und alles nur, weil ich Jüdin bin. Dabei pfeife ich drauf, auf dieses angeblich Jüdische von mir. Seh' ich etwa aus wie die Karikaturen im Stürmer? Bin ich nicht groß, sportlich wie kaum eine andere in meiner Klasse? Und völlig häßlich wohl auch nicht. Meine Schwester ist sogar blond. Und mein Papa hat im Krieg ein eisernes Kreuz verliehen bekommen. All das zählt auf einmal nicht mehr. Nur wegen diesem Hitler. Und nur wegen diesem Abstammungsbogen, den wir neulich in der Schule abgeben mussten. – Hätt' ich doch nur irgendwas draufgeschrieben.« Der letzte Satz geht in lautem Schluchzen unter. Jochen ist währenddessen blass geworden, hat unwillkürlich die Hand zur Faust geballt, sodass seine Knöchel weiß hervorstehen. – »Welche Irmgard?«, fragt er nun. »Sag den Nachnamen. Mit dem Vater werde ich ein Wörtchen reden.«

Inzwischen ist Hanni von ihrem Platz aufgestanden und um den Tisch herumgegangen, steht nun hinter Brigitte und streichelt gleichzeitig ihren Kopf während sie mit der anderen Hand begütigend Jochens Rücken tätschelt. »Kinder, Kinder, beruhigt euch erst einmal. Keine Schnellschüsse, Jochen, bitte! Damit ist noch keiner gut gefahren. Irmgard ist die Tochter von Regierungsdirektor

Schneider, sie wohnen zwei Straßen weiter, in der großen hellblauen Villa, du weißt schon. Vielleicht ist der wegen seines Postens so übereifrig.« – Dabei glaubt sie selbst nicht an ihre Worte. Die Leute reden sich mit den Gesetzen und Verordnungen heraus und scheuen vor wirklicher Zivilcourage zurück. Freundschaft zwischen Kindern ist nicht verboten, noch nicht jedenfalls. – Das wirklich lösende Wort findet auch dieses Mal Reni: »Ach was, Gitte, so eine Freundin kann dir doch einfach wurscht sein. Die hast du doch gar nicht nötig. Erst einmal hast du ja mich. Und dann gibt's bestimmt noch ein paar nette, brauchbare Kameradinnen, die auf all das Nazigedöns von uns angeblich sooo geföhrlichen Juden« – sie zieht dabei eine ihrer urkomischen Fratzen – »nichts geben und froh sind, wenn sie mit einer klugen Freundin wie dir ihre Hausaufgaben schneller bewältigen können.« Auf Brigittes verheultes Gesicht schleicht sich die Spur eines Lächelns, sie fällt der Schwester, die neben ihr sitzt, um den Hals. »Ach Pittel, was tät' ich nur ohne dich.«

Reni, Renerle, Pittel. Es ist das Kosewort, das Renate sich selbst gab, als sie sprechen lernte. Und weil sie gerade in Fahrt ist, setzt sie noch eins drauf, auch dies ihre Art von klein an, sie trägt ihr Herz auf der Zunge: »Und wenn sie uns jetzt nicht mehr ins Schwimmbad lassen, dann pfeif' ich auch darauf. Sollen sie sehen, wer ihnen dann die schönen Kopfsprünge vom Dreimeterbrett vorturnt.«

Jochen sieht Hanni an und sie ihn, Betroffenheit in beider Augen. Die Mädchen haben es also schon mitbekommen. Dabei wollten sie es ihnen schonend beibringen. Am Eingang des noblen Schwimmbads von Südende hängt seit vorgestern das Plakat mit der hässlichen, rot unterstrichenen Aufschrift. JUDEN UNERWÜNSCHT. Ausrufezeichen. Als Eltern hatten sie gehofft, es noch ein wenig vor den Töchtern verheimlichen zu können, die alle beide gerne schwimmen gehen. Jochen selbst ist ein regelmäßiger Besucher der Badeanstalt, zieht fast jeden Morgen seine Bahnen, bevor er zum Verlag muss. »Dann geh ich ab jetzt auch nicht mehr, versprochen. Kinder, ich muss wieder los!«, ruft er, bevor Widerspruch aufkommen kann, schnappt seine Jacke vom Sessel und geht mit großen Schritten davon.

Meine beiden Wasserratten! Meine armen Mädchen! Jetzt sollen sie nicht mal mehr ins Schwimmbad dürfen. Als wären sie dreckig oder von einer ansteckenden Krankheit befallen ... Ich würd' so gerne eingreifen und kann es nicht. Merkwürdig: die ganzen bisherigen Maßnahmen – Jochens Entlassung, der hässliche Boykott, der Zusammenbruch meines Vermögens – haben mich nicht so aufgewühlt wie dieses Detail. Mein Magen krampft sich zusammen. Wut, Hilflosigkeit. Und niemand, an dem man seine Aggressionen auslassen kann. Mir ist danach Glas zu zerdeppern, so habe ich mich noch nie gefühlt.

An den Nachmittagen findet Hanni Zeit für eigene Bedürfnisse. Aber es fällt ihr immer schwerer, bis dahin vorzudringen. Was möchte sie, was wünscht sie sich? Worauf hat sie Lust? In ihrem Kopf schießen Gedanken wild durcheinander, kreuzen ihre Bahnen, lösen einander ab, ohne bei einem Thema, einer Logik zu bleiben. Am

Ende fühlt sie sich zerschlagen wie nach einer verlorenen Schlacht. Schmerzen nagen an ihr, setzen sich den einen Tag hinter ihrer Stirn, den anderen in ihrem Unterleib fest. Ihren Ursprung haben sie in ihrer Seele, das ahnt sie. Um sich abzulenken greift sie nach dem Buch, das seit seinem Erscheinen im Frühling immer obenauf liegt in ihrem Bücherstapel. Beiger Leineneinband, grüner Rücken aus Kunstleder, herausgegeben von der Deutschen Verlagsanstalt in Stuttgart. »Der Kahn der fröhlichen Leute«. Jochens erstes richtiges Buch! Und gleich nach seinem Erscheinen zum Erfolg geworden. Ganz vorne seine Widmung: ›Meiner lieben Frau Hanni‹ so steht es auf der dritten Umschlagseite.

Sie ist stolz auf ihn. Im Grunde hat sie es immer gewusst, hat an sein Talent geglaubt. Daran, dass er es schaffen würde mit seiner Begabung und Zähigkeit, seiner eisernen Disziplin. Aber all das reicht ja in diesen Zeiten nicht aus. Es braucht Glück mindestens so sehr wie Können, dazu einen willigen Herausgeber, mächtige Fürsprecher, all das, was Jochen nicht hat. Das hat ihn mürbe und verzagt gemacht und sie selbst ebenfalls. Noch vor wenigen Wochen waren sie beide so am Boden, dass ihnen manchmal nur noch ein schmales Tor offenzustehen schien. Sie machten ihr Testament und hinterlegten es notariell. Aber er hat sich und sie herausgezogen aus dem Sumpf der Depression. »Eine Ehe ist doch eine Lebens- und keine Todesgemeinschaft«, sagte er. Das war am Tag, als von der DVA die Zusage kam, sie würden ›den Kahn der fröhlichen Leute‹ herausbringen. Endlich Geld auf dem Tisch, eine sichere Einnahmequelle. Aber auch – viel wichtiger für ihn – der künstlerische Durchbruch. Ein

Licht am Horizont. Er braucht die Bestätigung, die Ermutigung durch den Erfolg dringend, auch wenn er es sich nicht eingestehen will.

Wenn nur die neuen Gesetze nicht wären. Sie lasten zuoberst auf den Sorgenberg, der auf ihrer beider Leben drückt. Der Bruch mit seinen Eltern und Geschwistern; die Entlassung beim Funk; die finanziellen Sorgen. Und nun die Flut von Bestimmungen, die allem Jüdischen in Deutschland die Luft abschnüren sollen. Samt denen, die sich an Juden gebunden haben. ›Jüdisch Versippte‹, dieses Unwort!

Ich muss funktionieren, für meine drei da sein. Aber ich kann doch selber nicht mehr. Manchmal denke ich, das Beste wäre, ich würde Tabletten nehmen und mich von allem befreien. Das darf ich nicht, nicht mal denken darf ich es. Sonst entfaltet es einen Sog, gegen den ich nicht ankomme. Einfach weitermachen, nicht grübeln und möglichst viel arbeiten, so scheint es mir das Beste. Ich habe meine Nähmaschine vorgenommen und bringe den Mädchen das Schneidern bei.

Hannis Gedanken sind, während das Buch ungeöffnet auf ihrem Schoß liegt, wieder dort gelandet, wo sie in den letzten Tagen und Wochen häufig vor Anker gingen. Was, wenn sie sich von ihm scheiden ließe? ›Geistige und seelische Entartung‹ sei die Ehe eines Deutschen mit einer Jüdin. So wurde es in Paragraphen gegossen, stand in allen Zeitungen. Wenn die Politik nun endgültig in ihrem häuslichen Hort, ihrer familiären Trutzburg und ihrem Schlafzimmer angekommen ist, was bleibt ihnen anderes?

Sie haben Freunde in derselben Situation. Kurt und Juliane mussten kürzlich Danzig verlassen und auf ein kleines pommersches Dorf. Die Studentenpfarrei Kurt Meschkes sei zu prominent für einen jüdisch versippten Geistlichen. Auch die Kirche zieht mit, das verbittert Jochen am meisten.

Diejenigen aus Hannis Familie, mit denen sie Kontakt pflegt, raten zur Auswanderung. Aber wohin sollen sie? Jochen ist aufs Deutsche, seine Sprache und Kultur, seine Leser- und Hörerschaft angewiesen wie der Fisch aufs Wasser. Jedenfalls empfindet er so. Sie seufzt. Obwohl sie es nicht ausgesprochen hat, kam ihr Liebster neulich von alleine auf das Thema. Zerknirscht gestand er, dass er es wohl nicht über sich brächte ins Ausland zu gehen. Darauf gab sie sich einen inneren Ruck, sprach aus, was ihr seit Wochen als Möglichkeit vor Augen steht: »Jochen, was, wenn ich die Scheidung einreichte?« Seine Augen weiteten sich schreckhaft, wurden dann groß und traurig. »Es würde nichts ändern zwischen uns,« fügte sie schnell hinzu, »aber es wäre nicht mehr der Stolperstein für deine Karriere, du könntest publizieren, wir hätten, alles in allem, sogar ein sorgloseres Leben ...« Er nahm sie in den Arm, drückte sie zärtlich, wortlos zunächst. »Ich verstehe dich nur zu gut, mein Augenstern,« flüsterten seine Lippen schließlich, »aber ich kann es nicht. Und es hat nichts, nicht das Geringste, mit Moral zu tun. Es liegt, – « hier pausierte er lange und schaute versonnen nach innen. Schließlich sprach er mit fester Stimme aus: »Es liegt genau daran, dass du und die Kinder dem Judentum angehören. Und es liegt an meinem Glauben, dass Gott mich genau darin an eure Seite stellen will. Davon gibt es keinerlei Dispens.« – Sie muss das akzeptieren. Es nötigt ihr Respekt ab. Nachvollziehen kann sie es nicht, kann sie doch selbst mit ihrem Judentum im Grunde nichts anfangen.

Sie würde sich aus Opportunismus taufen lassen, wenn es denn etwas ändern würde. Sie weiß, das ist nicht der Fall. Felix hat es ihr damals in aller Deutlichkeit vor Augen gestellt. »Die Antisemiten sind antisemitisch, egal ob du nun Jesus den Messias nennst oder nicht.« So sein Spruch, der ihr hängen blieb wie weniges aus ihrer ersten Ehe. Hannis Blick schweift von ihrem eigenen Büchertisch hinüber zu Jochens Schreibtisch. Dort liegt seine Bibel. Zerlesen, abgegriffen. Jeden Tag schlägt er sie auf, meist am frühen Morgen, noch bevor er seine Tagebucheinträge verfasst. Es ist die Zeit, in der er um keinen Preis gestört werden will. Seine heilige halbe Stunde. Er versucht, mit sich selbst und seinem Gott ins Reine zu kommen. Darüber redet er nicht, nicht einmal mit ihr. Sie akzeptiert es, sorgt dafür, dass er seine Ruhe hat, auch vor den Kindern. Die Bedeutung der Bibel für Jochen macht ihr dieses Buch kostbar. Welche Kraftquelle muss es ihm sein! Sie hat ihn gebeten, dass er ihr Unterricht gibt; ihr hilft, einen Zugang zu finden zum ›Buch der Bücher‹. Als Antwort hat er ihr seine Konfirmationsbibel in die Hand gedrückt und gesagt: »Lies, Hanni! Nimm und lies. Mach dir selbst deinen Reim darauf.« Das tut sie seitdem, nicht täglich aber immer wieder. Manches leuchtet ihr ein, anderes stößt sie regelrecht ab. Und vieles versteht sie nicht. Was ihr mehr hilft als Bibellektüre, sind die Predigten, die sie zusammen mit ihm hört. Sie begleitet ihn oft zum sonntäglichen Gottesdienst. Über das Gehörte können sie miteinander reden. Wenn er Lob ausspricht über eine Auslegung oder wenn er – was öfter vorkommt – eine Predigt zornig kommentiert, erlebt sie den Theologen in ihm, hört den Pfarrer predigen, der er gern geworden wäre. Etwas vom Predigtamt ragt auch in seine Schriftstellerei hinein. Und genau das macht ihn so überkritisch sich selbst gegenüber. Er will nicht nur schreiben, unterhalten, Themen behandeln. Er will darin und darunter einen Anruf Gottes an die Menschen laut werden lassen, will als Schriftsteller Prediger sein. Darum quält er sich so mit dem neuen Buch, das er schreiben will. »Hanni, dieses Buch, es ruht irgendwo in mir,« sagte er neulich. »Aber ich muss noch warten. Gott wird mir zeigen, worauf es hinaussoll, wenn ich nur die nötige Geduld aufbringe.«

Die Kinder, Jochen, ich. Das Leben aus der Bahn geworfen, wir drei gemeinsam im Nachen, im Sturm. Jochen klammert sich an den Alltag. Klammert sich an mich. Wir unternehmen viele Ausflüge. Landschaft tut uns beiden gut. Die Dörfer vor den Toren Berlins. Die Schlösser in Potsdam und in der Mark. Jochen sucht nach neuem Stoff, einem Buch, einer Mitte für seine künstlerische Existenz.

Mitte September ist es soweit. Sie sind durch Rheinsberg und Brandenburg gestreift, besuchten Königs Wusterhausen, kreisten Potsdam von allen Seiten ein. An einer Führung im Stadtschloss – draußen herrlichster Sonnenschein, der Park und die Cafés voller Leute – nehmen außer Hanni und Jochen keine weiteren Interessenten teil. Ein junger Kunststudent begleitet sie und lenkt ihre Aufmerksamkeit auf die von König Friedrich Wilhelm I. gemalten Bilder, die in einem der Säle gezeigt werden. Jochen bleibt lange vor einem Selbstbildnis des Fürsten stehen.

Einige Tage später. Sie sitzen zu viert am Abendbrottisch, heiteres Scherzen, Giggeln, einander Necken, wie die pubertierenden Backfische es neuerdings an den Tag legen. Zunächst nimmt Hanni nicht wahr, wie abwesend ihr Gatte ist. Bis Brigitte ihn direkt anspricht: »Achtung Jochen! Gleich fällt dir die Gabel aus dem Mund.« Da erst bemerkt sie seinen Zustand der Erstarrung, der in derselben Sekunde bereits einer euphorischen Lebendigkeit weicht. »Das ist es«, ruft er laut und haut mit der flachen Hand aufs Tischtuch. »Mein neues Buch. ›Der Vater – Roman eines Königs‹. Hanni, was hältst du davon? Da hinein müssen all unsere Ausflüge und Besichtigungen der letzten Wochen münden.«

Seitdem ist Jochen wie ausgetauscht. Seine Wangen haben neue Farbe gewonnen. Mit Eifer und akribischer Genauigkeit stürzt er sich auf alles, was ihm bei den Quellenstudien helfen kann. Sie unterstützt ihn, wo sie nur kann, beschafft Bücher aus der Staatsbibliothek, exzerpiert die von ihm markierten Stellen, tippt erste Manuskriptseiten ins Reine.

Dieses Mal ist es anders als beim ›Kahn‹, den er an wenigen Abenden niederschrieb. Jetzt ist es Ernst, bitterer Ernst. Ein Ringen mit diesem ungeheuren Stoff, das Monate, vielleicht Jahre währen wird. Aber: Es wird ihn am Leben halten, dieser innere Auftrag zum Schreiben eines solchen Buches wird alles andere überstrahlen, wird ihm die Kraft geben, gegen die Widrigkeiten anzukämpfen.

Flucht in die Kindheit
Weihnachten 1935

Sie rüsten aufs große Fest, treiben dabei viel Aufwand. Jochen will es so. Sein Bild von Weihnachten geht bis in die Kindheit zurück, ist seine Brücke zum Elternhaus, vielleicht die einzig verbliebene. Hanni macht ihm zuliebe mit bei seinen Ritualen. Am 23. Dezember fährt sie in die Stadt, um letzte Besorgungen zu machen. Derweil schmückt er den Baum und das Haus. Er hängt eine Kugel oder einen Stern auf, tritt zurück, begutachtet, hängt noch einmal um. Der Ästhet in Jochen kommt dabei voll zum Zuge, gleichzeitig erholt sich seine Seele vom gehetzten Arbeitspensum. Er braucht für sein Tun den ganzen Tag. Am Morgen von Heiligabend muss alles fertig sein, dann wollen sie nur noch genießen.

Hanni fühlt sich müde, abgespannt wie lange nicht. Im Kaufhaus ist sie treppauf, treppab gelaufen, hat für Brigitte eine blau-seidene Bluse und für Renerle ein Paar neue Schlittschuhe erstanden. Für ihren ›Vate‹ hat sie längst besorgt, was sie ihm als Überraschung auf den Gabentisch legen will: einen Bildband über die preußischen Schlösser. »Mein lieber Vate«, so nennt sie ihn neuerdings. Die kleine Tochter des Gärtners von nebenan brachte im Sommer das Frühstück hinaus. »Vate, Pause machen,« krähte das Gör. Jochen war davon regelrecht aus dem Häuschen, Kindheitssprache und -erinnerungen. So übernahm Hanni den Ausdruck, um ihm eine Freude zu machen. ›Vate‹, das liebt er und er ist ja auch wenngleich kein leiblicher, so doch der geistige Vater von mancherlei; vor allem vom »Buch«, über das sie ständig reden und das all seine Kräfte in Beschlag nimmt, nun schon seit über zwei Jahren. Sein Roman über Friedrich-Wilhelm von Preußen soll ein Werk über wahres Königtum werden. Hanni ist involviert, von Beginn an mit hineingezogen in seinen Schaffensprozess.

Dankbarkeit, dass Jochen schreibt, sein Buch wächst und wächst. Der erste Band wurde im Sommer fertig, 450 Seiten. Der zweite Teil wird diesem Umfang in nichts nachstehen. Ich unterstütze, wo es nur geht. Neben dem Buchprojekt, dem Haushalt, den Mutterpflichten, den finanziellen Sorgen komme ich zu nichts Eigenem mehr. Aber man gewöhnt sich. Es ist erschreckend, wie bescheiden wir geworden sind. Wie bescheiden ich geworden bin. Hier im Tagebuch gestehe ich es mir ein, dass ich kaum mehr vorkomme in meinem Leben.

Jochens Buch, das im Grunde fertig ist und doch nicht fertig werden will. Hier eine Kürzung und dort eine Streichung verlangt der Verlag. Jede gekürzte Passage betrauert er, hat er doch Satz für Satz und Wort für Wort zigmal gedreht und gewendet, sich jeden Absatz abgerungen. Neulich sagte Reni unbedarft und ahnungslos bei Tisch: »Warum dauern Bücher bei anderen Schriftstellern nicht so lange?« – Und obwohl Gitte schlagfertig und schnell mit der Antwort bei der Hand war: »Dafür ist's bei Jochen dann große Kunst.«, war sie nicht schnell genug. Hanni sieht noch vor sich, wie er blass wurde und anfing zu zittern. Dann stürzte er aus dem Zimmer, alle drei hörten sie ihn draußen hemmungslos weinen. Hanni ging ihm hinterher, um ihm beizustehen, tätschelte seinen Kopf wie bei einem Kind und sagte immer aufs Neue: »Alles wird gut. Alles wird sehr gut, mein lieber Jochen.« Allmählich beruhigte er sich. Stammelte schließlich: »Ach, Hannchen, dieses Buch verlangt mir alles ab. Reni kann es nicht wissen. Aber manchmal kommt mir das Geschriebene nur noch kaputt und schlecht vor.«

Nun endlich: es wird Weihnachten. Eine Atempause im täglichen Kampf. Während sie sich sonst üppig bescherten, haben sie dieses Jahr verabredet, einander nichts zu schenken bis auf den Stuhl; einen schweren, geschnitzten Barockstuhl, eigentlich fast ein Sessel, der in der Garderobe noch fehlte und den sie beim Antiquar so billig erstanden haben, dass noch Mittel blieben, ihn aufarbeiten zu lassen. Und eben den Bildband, den sie als Dreingabe für ihn hat; sie ahnt, ist sich fast sicher, dass er auch für sie eine Kleinigkeit unter den Baum legen wird. Sonst wäre er nicht Jochen, der Überraschungen liebt und Weihnachten genießt wie ein Kind. Ach ja, ihr grau werdendes drittes Kind mit den tiefen Sorgenfalten auf der Stirn. Ihr ›Vate‹. Ihr kommt es vor, als würde die Liebe mit jedem Jahr tiefer wurzeln in ihnen.

Was für ein Jahr! Ich bin gleichsam durchgeknetet und umgewendet, das Innerste zuäußerst und wieder zurück. Dabei verstumme ich mehr und mehr. Doch nein, keine Undankbarkeit. Das würde mir Jochen heiser ins Ohr flüstern. Heiser ja, denn er erholt sich einfach nicht von seiner Stimmbandentzündung. Seit Herbst geht das so. Und flüstern, weil wir uns daran gewöhnt haben, alles in zurückgenommener Laut-

stärke zu verhandeln. Nicht nur wegen der Stimmbandent-
zündung, sondern weil man möglichst wenig auffallen will
und darf in diesen Zeiten.

Sie muss noch bei der Blumenhandlung vorbei. Weiße Chrysanthemen und Rosen bestellen, die morgen die Tafel schmücken sollen. Hoffentlich hat Anna Tiecke, Hausmädchen und guter Geist ihres Heims, an die Gans gedacht und den Rotkohl schon aufgesetzt, den es zum Festessen geben soll.

Die Tasche wiegt schwer an Hannis Arm, die Kufen der Schlittschuhe stoßen beim Gehen an ihre Schienbeine. Plötzlich wird ihr in ihrem Pelzmantel und unter der gefütterten Kappe heiß. Sie braucht eine Pause, betritt ein Café. Abseits der Leute, die sich an den hellerleuchteten, schön dekorierten Fenstern drängen, findet sie einen kleinen Tisch in einer dunklen Nische, wie für sie gemacht. Die vielen Menschen! Vor allem aber die Erwartungen, die Pflichten, nicht zuletzt ihre Erwartungen an sich selbst, all das wird ihr zu viel. Sie fühlt sich bis zum Zerspringen angespannt. Und gleichzeitig so leer, ausgepumpt und hoffnungslos. Achtlos lässt Hanni den Mantel auf den Stuhl fallen, wirft die Mütze obendrauf, lässt sich in den anderen Sessel sinken und stützt ihren Kopf in die Hände. Sie möchte es niemanden merken lassen, wie sehr sie am Ende ist. Am wenigsten Jochen. Als die Bedienung sie in ihrem Winkel entdeckt, bestellt sie ein Kännchen Kaffee. »Stark und schwarz«, setzt sie hinzu. »Sonst nichts?«, fragt das junge Mädchen nach. »Nein danke, sonst nichts.«

Es wird das erste Christfest im neuen Haus werden. Vor gut einem Monat hat Hanni hier ihren 45. Geburtstag gefeiert. Ihr eigenes Haus in der Karlstraße: Sie haben es der Zeit abgetrotzt.

Wir werden bauen. Wenigstens in einem Punkt unbescheiden sein. Ich bin selbst erstaunt über mich. Welche Freude mir das Planen macht. Ich hätte vielleicht Bauzeichnerin werden sollen, oder Architektin. Jedenfalls war unser Baumeister sichtlich beeindruckt von dem Entwurf, den ich ihm vorlegte.

Die Bedingungen sind widrig, alle rieten ab, sie bauten trotzdem. Aus dem Verkauf von Hannis Breslauer Eigentum musste eine Summe angelegt werden. Felix hatte immer zu Immobilien geraten, warum also nicht? Außerdem fraß die Miete ihrer Wohnung den Löwenanteil von Jochens monatlichem Einkommen auf. Dieses Geld investieren sie jetzt besser, zahlen damit den Kredit ab. Ende September sind sie eingezogen. Sie waren glücklich, wenigstens für den einen Tag. Denn der regelmäßige Verdienst Jochens bleibt ja nun aus. Vier Wochen vor dem Umzug wurde er bei Ullstein fristlos entlassen. Monatelang hatte er es erwartet, nachdem der Verlag immer mehr von den linientreuen Nazis unterwandert worden war. Als die Kündigung schließlich kam, war er trotzdem am Boden zerstört. Sie musste ihn aufbauen, ihm gut zureden. »So kommst du jetzt wenigstens richtig zum Buch, kannst alle Zeit und Kraft darauf verwenden. Jochen, es wird gut, dein Buch.« Diese Sätze wurden zu einer täglichen Beschwörung. Und tatsächlich scheint es Hanni so, dass sein Elan in den letzten Wochen wieder zugenommen hat. Zu ihrem Geburtstag legte er ihr zwei Gedichte auf den Gabentisch, Glaubenslieder, so dicht und inhaltsreich, dass sie nur staunen konnte. Sie hat zwar eher Sinn fürs Epische und hat lange Zeit auch in ihm einen Epiker gesehen. Nun hat er ihr und der Welt bewiesen, dass auch ein Lyriker in ihm steckt.

Der 24. Dezember beginnt wie im Bilderbuch. In der Nacht ist Schnee gefallen und hat ihr Viertel in ein Weihnachtsmärchen verwandelt. Als die späte Sonne dazukommt, glitzert es von allen Zweigen und Dächern. Die Geräusche der Stadt sind nur gedämpft zu hören. Wie eine festliche Damastdecke liegt das Weiß über Gärten und Wegen.

Nun ist es endlich da, das Fest. Für mich eine Atempause im täglichen Kampf. Und für meinen Jochen auch, an ihm hängt ohnehin alles, was unser alltägliches Leben, unsere Stimmungen, unser Ergehen betrifft. Ist er obenauf, geht's uns gut. Seit seiner Entlassung bei Ullstein und den zähen Arbeiten an der Buchredaktion ist allerdings eher das Gegenteil der Fall. Aber jetzt ist Weihnachten, ist bei ihm und uns alles anders.

Sie sitzen am Frühstück bei Zopfkuchen und Kaffee, echten Bohnenkaffee, den sie sich zur Feier des Tages genehmigen. Die Wangen der Kinder leuchten mit den Äpfeln am Baum um die Wette. Jochen ist entspannt wie lange nicht. Und Hanni hat, ehe sie sich als letzte zu Tisch setzte, noch einen Speckknödel für die Vögel auf die Fensterbank gelegt. Sind sie nicht eine Familie wie alle? Deutscher als sie kann man kaum Weihnachten feiern! – Und doch ausgeschlossen. Als Volksschädlinge und Schmarotzer gebrandmarkt. Doch heute leben sie ihr Idyll, flüchten sich ins Weihnachtsfest, Hanni weiß es. Und Jochen wird es auch wissen.

Die Zeit nimmt sich Zeit. Als würden an Heiligabend die Uhren in ihrem Haus langsamer ticken. Nach dem Essen hat Jochen Hanni fest in die Arme genommen und lange gehalten. Sie hat sich wortlos an ihn geschmiegt, bis er ihr ins Ohr flüsterte: »Du, mein Liebstes, ohne dich, was wäre ich?« Da löste sie sich schnell aus der Umklammerung, lächelte tapfer und sagte laut: »Ja, und ich ohne dich.«

Nun geht sie leichten Schrittes durch alle Räume des Hauses, rückt an einem Stuhl, dreht am Sockel der Marienstatue, damit die Kerzen sich am Abend in der Weltkugel spiegeln können, die das Kind hält. Der Engel im Eingangsflur bekommt noch einen Tannenzweig an den Arm gebunden. Schließlich ist auch sie fertig. Das Fest kann kommen.

Im Salon spielt Jochen Choräle auf dem Klavier, gerade ist er bei »Vom Himmel hoch« angekommen. Seine pianistischen Fähigkeiten sind nicht weit her, aber für Weihnachtslieder reicht es allemal – und es entspannt ihn. Aus dem Oberstock hört sie die hellen Stimmen der Mädchen, auch sie üben wohl noch etwas ein für den Abend.

Was wäre ich ohne ihn? So frage ich mich immer wieder. Was wäre eine Jüdin und Witwe eines jüdischen Rechtsanwalts mit zwei unmündigen Töchtern? Wenn ich keinen deutschen, rein-arischen Schriftsteller geheiratet hätte — so lautet die offizielle Nomenklatura — dann würde ich wohl den Rest meines Geldes zusammenkratzen, die Kinder nehmen und Deutschland den Rücken kehren. Aber nun?

Erst kürzlich unterhielten sie sich abends im Bett über die Zukunftsperspektiven. Und Jochen, wiewohl ohne Arbeit und nur am seidenen Faden des unfertigen Romans hängend, war plötzlich so zuversichtlich und optimistisch. »Unser Haus wird uns keiner nehmen, Hanni,« sagte er. »Es ist der uns von Gott gewiesene Lebensort, daraus wird uns keine Not und kein Schicksal vertreiben.« Sie hat im Dunkeln genickt und nichts geantwortet. Sie hofft es, hofft für ihn, für sich und die beiden Töchter.

Der Rest des Weihnachtsabends verläuft wie immer, nach dem Ritual, das sich seit ihrer Eheschließung gebildet hat. Am frühen Abend besucht Jochen in Begleitung von Renerle die Christvesper. Dann Abendbrot, Bescherung im Schein der brennenden Kerzen. Schließlich sitzen sie lange im Weihnachtszimmer beisammen, stecken ihre Nasen in die neuen Bücher, die Mädchen probieren ihr Spiel aus, lachen unbeschwert wie lange nicht.

Weihnachten kommt mir vor wie eine Insel. Es ist nach Mitternacht, Gitte und Reni sind vorhin zu Bett. Jochen hockt still vor dem Baum und träumt vor sich hin. Ich sitze an meinem Sekretär, versuche, meine Gedanken zu sammeln. Seit fünf Jahren sind wir eine Familie. Nur fünf Jahre. Aber es war mehr darin, als bei manchen anderen in ihrem ganzen Eheleben. Was wird das neue Jahr uns bringen? Ich habe noch das »Fürchtet euch nicht!« aus der Christmette im Ohr — und fürchte mich doch.

Hitler schaut zu
Dezember 1938

Hanni trägt ihr cremeweißes Kostüm. Zum ersten Mal und vielleicht auch zum letzten, wer weiß. Sie mag nicht daran denken, welche Wunden diese vergangenen Monate geschlagen, welche Schneisen der Verwüstung sie hinterlassen haben, innerlich wie äußerlich. Heute versucht sie die düsteren Wolken fernzuhalten, will ihn und zugleich sich aufheitern. Aber es ist schwer, wird, was Jochen betrifft, immer schwerer. Sie weiß sich besser abzulenken. In den vergangenen Wochen hat sie Stoffgeschäfte aufgesucht und das Angebot sondiert. Nach der Entscheidung für das eierschalenfarbene Wolle-Seide-Gemisch holte sie die Nähmaschine, stürzte sich in Arbeit, verglich Schnittmuster und verwarf sie wieder. Schließlich entschied sie sich für ein figurbetont auf Taille geschnittenes Oberteil, dazu der Rock bis knapp unters Knie reichend. Schick und originell, streng und doch mit femininer Note.

Ich schneidere mir mein Kleid selbst. Wie viel Freude macht mir das! Mich endlich wieder mit Schönem zu beschäftigen, mit meinem Beruf, meinem früheren Lebenselement. Wohin kommen wir, wenn wir auf alle kleinen Freuden verzichten, uns alle Wünsche schon im Voraus versagen? Viele sind es ohnehin nicht mehr ...

Jochen war leider nicht so begeistert, als ich ihm vorhin mein Vorhaben schilderte. Es gehe doch nicht um Äußerlichkeiten, um Mode oder Ästhetik. Sondern um das Stehen im Angesicht Gottes. Es war eine Moralpredigt. So kannte ich ihn bisher nicht. Ich sah ihn an, während er sprach, brach irgendwann in Tränen aus. Da lenkte er sofort ein, nahm mich zärtlich in die Arme und entschuldigte sich. Er ist einfach fertig mit den Nerven.

In Wahrheit steht ihr Mann selbst den Schönheiten und Äußerlichkeiten des Lebens aufgeschlossen gegenüber, ist nicht nur ein Ästhet der Sprache, sondern auch der Dinge. Zum Geburtstag hat er ihr einen Rokoko-Spiegel geschenkt, den er in einem Antiquitätengeschäft aufgestöbert und eigens hat aufarbeiten lassen. Sechs Wochen ist es her.

Nun ist ihr gemeinsamer Festtag gekommen. Es ist der Samstag vor dem vierten Advent. Jochen steht schon bereit, Hanni kommt aus dem Badezimmer, wo sie noch dezent etwas Rouge auf ihre Wangen verteilt hat. »Nun, wie gefällt dir deine Braut?« Unsicher sieht sie Jochen von der Seite an. Da erscheint auf seinem Gesicht das schüchtern-jungenhafte Lächeln, in das sie sich seinerzeit verliebte und er ruft aus: »Du bist die schönste, die teuerste, die wunderbarste Frau, die meine Augen je gesehen haben. Du, meine geliebte Hanni!«

Den Weg zur Kirche legen sie schweigend zurück, händehaltend wie jung Verliebte. Oder ist es einfach das Bedürfnis, sich aneinander festzuhalten, damit der Sturm der Zeit sie nicht umbläst? Als sie sich ihrem Ziel nähern, ist es erst Viertel vor Vier. Jochen hasst es, zu spät zu kommen, ist ein Verfechter preußischer Pünktlichkeit, aber ihr geht es ja nicht anders. Sie lächelt bei diesem Gedanken, er sieht es, beugte sein schmales, bleiches Gesicht zu ihr und drückt einen zärtlichen Kuss auf ihre Wange. Seine braunen Augen mit den dunklen Ringen darunter so nah, Zeugen seiner chronischen Schlaflosigkeit. Diese Augen sind ihr bei ihrer ersten Begegnung haften geblieben, zehn Jahre ist es her. Den Eindruck hat Hanni bis heute nicht vergessen. Ihm sei es von Anfang an klar gewesen, dass er sie und nur sie zur Frau haben wolle. Als sie schon längst Bett und Tisch teilten, hat er es ihr gebeichtet.

Der mächtige Kirchturm ragt vor ihnen in den verhangenen Dezemberhimmel auf. Noch fehlt Anna. Da all ihre Freunde entweder am anderen Ende der Republik leben oder bereits ausgewandert sind, haben sie ihr Hausmädchen zur Trauzeugin gebeten. Im letzten Moment hatte sie noch etwas Wichtiges zu erledigen gehabt, rief vom Balkon aus, sie käme nach. In den Zweigen der Linden hängen Regentropfen, die, als die Sonne hinter den Wolken hervorlugt, zu glitzern anfangen. Ein leichter Wind schüttelt ihnen eine Ladung auf die Mäntel, tausend Diamanten für das Brautpaar. Über diesen unverhofften Segen von oben müssen beide laut lachen. Hannis Befangenheit, die klamme Angst, die sie seit Monaten einschnürt, löst sich für den Rest dieses Tages.

Gleich darauf öffnet sich die Kirchentür, eine rosige junge Mutter tritt heraus, auf dem Arm einen schreienden Säugling in eine Wolldecke gehüllt, unter der die Spitzen eines hellblauen Taufkleides hervorlugen. Ein Kinderwagen, geschoben vom Ehegatten, der das ältere

Geschwisterkind an der Hand führt, zwei Söhne für den Führer! Onkel, Tanten, Großeltern folgen, darunter ein hochgewachsener Mann in SS-Uniform mit einer Kamera in Händen. Da taucht endlich Anna auf. Sie winken sie herbei, treten schnell in den Schatten der Säulen, der Tauffamilie Platz machend. Die Sonne scheint schräg in die Vorhalle, ihre letzten Strahlen zaubern Farbwunder aus den Buntglasfenstern. Zufall oder nicht – sie beleuchten das prominenteste Brautpaar der deutschen Geschichte, Martin Luther und Katharina von Bora. Die beiden knien vor Christus und empfangen seinen Segen für ihre Ehe. Immer wieder schaut Hanni hin. Und Jochen bemerkt es mit staunendem Wohlwollen. Seit er an seinem Roman über das erste evangelische Pfarrhaus schreibt, hat er seiner Frau den Kose- und Ehrennamen ›Bore‹ verliehen. Nein, Zufall kann es nicht sein, dass die beiden Brautleute an genau diesem Tag und diesem Ort ihr Ja vor Gott bestärken.

Die Martin-Luther-Gedächtniskirche zu Berlin-Mariendorf ist Jochens Gemeindekirche – ab heute auch die ihre. Vor drei Jahren eingeweiht, kommt die ›neue Zeit‹ in der Innenausstattung reichlich zum Zug. Nicht nur, dass eine Hindenburg-Büste und ein Hitlerportrait jeden Besucher, der ins Kirchenschiff will, in die Zange nehmen; auch die Symbole auf den Terrakottafliesen des großen Triumphbogens wechseln zwischen Kreuz und Hakenkreuz, am Motivsockel des Taufsteins findet sich gar ein Kniender in SA-Uniform. Hanni ist froh, dass keine Lampen brennen und sie die unliebsamen Bilder und Embleme so leichter ausblenden kann. Sie selbst feiert heute nämlich doppelt.

Jochen verabscheut die martialische Architektur des Gotteshauses ebenfalls. Weshalb sie dennoch hier sind, liegt in einem Menschen begründet, Pfarrer Max Kurzreiter. Dieser fliegt nun auf sie zu, mit wehendem Talar und ausgebreiteten Armen. »Machet die Tore weit und die Türen in der Welt hoch!«, ertönt seine sonore Stimme, während er die Glastüren zum Innenraum öffnet, sie hereinwinkt und sogleich weiterleitet zur Taufkapelle, wo er sie Platz nehmen heißt. Vier Personen in einer Kirche, in der gut 400 Platz finden könnten. Kein Küster, kein Gemeindevorsteher, nicht einmal die Organistin ist gegenwärtig. Sie haben sich mit Kurzreiter darauf verständigt, dass ihnen das Wort genügt. Damit beginnt der Pastor nun unverzüglich: »Im Namen des Vaters, des Sohnes und des Heiligen Geistes. Wir sind versammelt, um dich, Johanna Klepper, durch die Taufe in den neuen Bund Gottes mit seinem Volke aufzunehmen und sodann eure Ehe unter sein Wort und seinen Segen zu stellen.«

Es wird die prominenteste Traufe, die in der Martin-Luther-Gedächtniskirche je gefeiert werden wird. Ob Kurzreiter es ahnt und sich aus diesem Grund so feierlich-beklommen fühlt? Oder liegt es an den Menschen vor ihm, hochgebildet beide. Die Katechese für den Täufling konnte er sich sparen, denn die an der Seite eines studierten Theologen lebende Jüdin ist wohl in manchen Glaubensdingen ebenso bewandert wie er selbst. Nun also wird sie endgültig konvertieren, Christin werden — und doch Jüdin bleiben.

Traufe, sonst ist es des Pfarrers augenzwinkerndes Kurzwort für Eheleute, die zu ihrer Trauung bereits ein Kind mitbringen, das dann gleichzeitig die Taufe empfängt. Er hat das neuerdings öfter. Gegenwärtig können die Paare dem Vaterland nicht schnell genug zu Kindern verhelfen. Heute ist es für Kurzreiter, vor allem aber für das Paar, das vor ihm sitzt, ein völlig anders gelagerter Fall. Er kennt den Ehemann seit seinem Dienstantritt in Berlin, kennt ihn als eifrigen Kirchgänger und kritischen Predigthörer. Natürlich auch als den bekannten Schriftsteller. ›Der Vater‹ zählt, mit einer handschriftlichen Widmung des Autors versehen, zu den Schätzen im Bücherschrank des Pastors. Kurzreiter weiß um die delikate Konstellation im Hause Klepper-Stein. Die Ehefrau ist durch ihre Ehe mit einem Arier noch geschützt. Aber die beiden Töchter aus erster Ehe, denen Jochen Klepper nur Stiefvater ist, sind in höchstem Grad gefährdet. Darum ist ja auch die heutige Angelegenheit vertraulich, im kleinsten Kreis. Jüdische Konvertiten zu taufen, war zu Beginn seiner Amtszeit häufiger vorgekommen. Inzwischen, seit klar ist, dass der Übertritt keinerlei Vorteil gegenüber den Nazis und deren Gesetzen bedeutet, ist die Zahl verschwindend gering geworden. Eine Glaubenstaufe also, echte innere Überzeugung. Eigentlich müsste der Pastor sich freuen – und ist doch beklommen.

»Kämpfe den guten Kampf des Glaubens. Ergreife das ewige Leben, zu dem du berufen bist«. Dieses Wort hat Hanni selbst als Taufspruch ausgewählt. Mit Bedacht. Im Kämpfen ist sie erprobt und weiß, dass weder der Glaube noch die Taufe sie davon befreien werden. Als es ans Glaubensbekenntnis kommt, spricht sie es auswendig und ohne zu stocken. Anschließend beugt sie den Kopf über das marmorne Wasserbecken, hört die formelhaften Worte, spürt die Tropfen, die ihr über Stirn und Nase rinnen.

Keine Zeit, sich klar zu werden, was sie fühlt, alles geht rasend schnell. Segnend legt Kurzreiter ihr die Hände auf, während Jochen links, Anna zu ihrer Rechten dicht bei ihr stehen. Nun ist sie also Christin! Für Jochen geht damit ein sehnlicher Wunsch in Erfüllung, das steht für sie an erster Stelle.

Und schon folgt der nächste Akt. Sie wechseln den Ort, von der Taufkapelle ins Zentrum des Kirchraums, wo ihre Trauung erfolgt. Wie vereinbart verzichtet Kurzreiter auch hier auf die Predigt, als Lesung erklingt die Epistel des vierten Advents, die Jochen bereits am Frühstückstisch vortrug. »Freuet euch im Herrn allewege und abermals sage ich, freuet euch!« Die könnten sie wirklich gebrauchen, die Freude. Allerdings lässt sie sich nicht befehlen noch auf irgendeine Weise herstellen. Nach dem Ehesegen sind Jochen und Hanni selbst an der Reihe. Abweichend vom Ritual haben sie sich ausbedungen, dass sie sich gegenseitig ein Gedicht zusprechen, ein Adventslied aus eigener Feder des Ehemanns. Erst vor kurzem hat es das Licht der Öffentlichkeit erblickt. Als Hanni beginnt, ist in ihrer Stimme ein kurzes Beben:

>Die Nacht ist vorgedrungen,
der Tag ist nicht mehr fern.
So sei nun Lob gesungen
dem hellen Morgenstern.
Auch wer zur Nacht geweinet,
der stimme froh mit ein:
Der Morgenstern bescheinet
auch deine Angst und Pein.<

Hanni fühlt, Jochen hat es zuallererst für sie beide geschrieben. Während sie die Worte auswendig spricht, blickt sie auf den Adventsbaum und die daran flackernden Kerzen. Die Tränen auf ihrer Netzhaut vervielfachen das Licht. Was Nacht und Tag ihr bedeuten, geht über die natürlichen und jahreszeitlichen Rhythmen hinaus. Im Kampf gegen das Dunkel der Mächte von Politik, Rassismus, der eigenen Depressionen standen sie und Jochen von Anfang ihres Miteinanders an. Und sie stehen jetzt tiefer darin denn je. – Anna reicht ihr ein umhäkeltes Taschentuch, sie ist ihr häuslicher Engel, unvorstellbar, wie sie ohne deren Hilfe zurecht kämen. Es ist eine Unterstützung, die weit über Taschentücher hinausreicht aber eben auch solche Gesten der Einfühlung umfasst.

Die liturgische Handlung ist vorbei. Alles in allem haben sie kaum eine halbe Stunde in der Kirche verbracht. Als sie wieder auf dem Vorplatz stehen, hat Kurzreiter noch eine Überraschung parat. Er lädt zum Adventskaffee ins Pfarrhaus. Während Anna nach Hause eilt, bleiben Hanni und Jochen, denen eigentlich auch mehr nach Rückzug zumute wäre. Aber dieses so von Herzen kommende Angebot können sie nicht ausschlagen. So sitzen sie wenig später um den schweren, dunklen Eichenholztisch im Wohnzimmer des Pastorats bei Bohnenkaffee und echtem Dresdner Stollen. Sie sollten ordentlich zugreifen, ermuntert Kurzreiter sie. Aber trotz der Delikatesse essen die beiden Kleppers kaum, das Gewicht der Emotionen schnürt ihnen die Kehle ab. Demgegenüber sucht die Konversation die leichten Themen. Jochen schenkt dem Pfarrer zum Dank einen Band seiner vor kurzem erschienenen Lieder zum Kirchenjahr, was dieser begeistert annimmt.

Endlich machen sie sich auf den Heimweg. Es hat zu nieseln begonnen, sie schreiten schweigend durch die Dunkelheit. Erst als ihr Haus in Sichtweite ist, greift Hanni erneut nach der Hand ihres Gatten und bleibt stehen. »Versprich mir, dass du mich und die Kinder nie allein lässt,« bringt sie mit bebender Stimme heraus und weiß im selben Moment, dass dies überflüssig ist. Er von sich aus würde sie und die Mädchen nie im Stich lassen. Was die Zeiten und ihre Zwänge anrichten werden, steht auf einem anderen Blatt. Darum besteht seine Antwort auch nur aus zwei Wörtchen: »Aber ja!« – und einer langen Umarmung. »Du mein Herze, mein Ein und Alles, mein Liebstes auf der Welt.«

Dann bleibt ihnen keine Zeit mehr für Zweisamkeit. Trotz der Dunkelheit hat man sie bereits gesichtet, die Haustür fliegt auf, die Silhouette von Reni und Brigitte erscheint. »Wann kommt ihr endlich?«, schallt es ihnen aus zweifachem Munde entgegen. Das also war es, was Anna kurz vor dem Weggehen noch zu erledigen hatte. Sie hat mit den beiden Mädchen das Fest des Abends besprochen. So wird es noch unerwartet schön und feierlich, ganz nach dem Geschmack des Brautpaars. Im Esszimmer ist das gute Porzellan aufgedeckt, ein Strauß Astern schmückt die Anrichte. Die Mädchen haben den Badischen Rotwein warmgestellt, den Hanni als einzigen verträgt. Aus der Küche duftet es verführerisch.

An diesem Tag wird es spät im Hause Klepper. Nach dem Essen sitzen sie noch lange am Tisch. Brigitte versucht ein heiteres Thema anzuschlagen, erzählt von einer tollpatschigen Arbeitskollegin. Dann singen die Schwestern ein Hochzeits-Lied, zugleich ein Lob von Mutter und Stiefvater. Den Text haben sie zur Melodie von »ein Vogel wollte Hochzeit halten« selbst gedichtet. Sicherlich ist er aus der Feder Renis, die eine künstlerische Ader hat. Dadurch und durch ihre heitere Unbekümmertheit steht sie Jochen näher als die ältere Schwester.

Unsere Trauung war schön — aber sie macht den Sorgenberg nicht kleiner. Wie schaffen wir es mit der Finanzierung? Wann klappt es mit Brigittes und Renis Auswanderung? Jochens dunkle Ringe unter den Augen korrespondieren mit der Blässe von Renis Hautfarbe. Eine undurchdringliche Nacht hat sich um unsere kleine Familie zusammengeballt. Wie es weitergeht, was die Zukunft bringen wird — ich habe keinen Schimmer. Es wäre zu schön, wenn die Zeile aus Jochens Lied vom »Tag, der nicht mehr fern ist« sich an uns bewahrheitete.

Endlich liegen sie im Bett. Hanni rutscht hinüber auf die Seite ihres Mannes, kuschelt sich an ihn und flüstert in sein Ohr: »Mein Lieber, es tut mir so schrecklich leid, dass du durch mich in Schwierigkeiten gekommen bist. Sollen wir uns nicht doch lieber scheiden lassen? Dann kannst du ungehindert publizieren — und ich wandere zusammen mit den Kindern aus.« Und womit antwortet er? — Mit einem Gedicht.

»Hanni, ohne dich wär′ ich ein Fisch am Strand.
Ohne dich wär′ich ein Gras im Sand.

Ohne dich wär'ich ein Tropfen in der Glut
und ein Vogel, dessen Schwinge ruht.«

Nach einer Pause, in der sie merkt, wie er mit den Tränen kämpft: »Du hast mir heute die denkbar größte Freude gemacht, vielleicht muss ich es dir noch einmal sagen. Wir haben ja schon lange zusammengehört. Aber jetzt sind wir eins vor Gott und durch Gott. Und du hast Ja gesagt, nicht nur zu mir, sondern auch zu Christus. Wie sollte ich es fertigbringen, dich gerade jetzt zu verlassen? Hanni, ich brauch' dich doch.« – »Und ich dich«, antwortet sie mit ihrer tiefen Stimme. »Lass uns dieses Gespräch vergessen und nie mehr an das Thema rühren.«

Dichtung und Sorgen
November 1940

Reinhold Schneider weilt in Berlin und besucht bei dieser Gelegenheit die Kleppers. Sie servieren zum Kaffee Habhaftes, Schnittchen mit Leberwurst oder dick mit Schmalz bestrichen. Der Dichterfreund scheint Hanni mit jedem Treffen schmaler und vergeistigter zu werden. In seiner Eremitage in Hinterzarten lebt er hauptsächlich von Gedanken und Büchern. Sie versuchen ihn aufzupäppeln, sooft er bei ihnen ist. Häufig kommt das nicht vor in diesen Zeiten.

Schneider war heute da. Er hat abgenommen, bald kann man durch ihn durchgucken. Ich habe ihn ein wenig bemuttert und umsorgt. Vorsichtig, so dass er es nicht merkt. Immer wenn sein Teller leer war und er ins Gespräch mit Jochen vertieft, habe ich ihm unauffällig ein Schnittchen aufgetan und Tee nachgeschenkt. Das ist alles, was ich für ihn tun kann, ein wenig Füllung für seinen leeren Magen. Aber ich freue mich heute noch, dass es vor seinem Umzug in den Schwarzwald geglückt ist, ihm die schönen Möbel zu besorgen.

Es ist der erste Besuch des Freundes in ihrem neuen Haus in Nikolassee. Halb stolz, halb verlegen haben sie ihn durch die großzügigen Räume geführt. Ahnen sie doch, wie bescheiden es um die Umgebung des Dichters immer noch bestellt ist, trotz der Möbelspende. Er befindet sich im Schwarzwald sozusagen in innerer Migration vor dem System. Nun sitzt er in ihrem Salon, rührt hingebungsvoll in seiner Teetasse. Unter den Themen kommt ihm das Kauen und Schlucken zu kurz. »Was das Politische angeht, so können wir unseren kleinen Beitrag zum Widerstand nur leisten, indem wir das tun, was unser Amt ist, nämlich schreiben; und schreibend dem Chaos Gegenbilder der Ordnung und göttlichen Lenkung der Geschichte entgegenstellen. Unser größter Feind aber kommt von innen«, doziert er, faltet dabei die schlanken Hände. Alles an diesem Mann ist vornehm, selbst seine unbewussten Gesten und der Klang seiner Stimme.

Hanni hat seine Bücher gelesen – den ›Las Casas‹ vor allem; und den ›Philipp von Spanien‹. Nun hört sie aufmerksam zu, wie die beiden Männer sich ins Gespräch stürzen, hungrig auf geistigen Austausch, auf theologische Ermutigung und Befruchtung. Zuhören, beobachten, bewirten und bemuttern, das ist ihre Rolle bei diesen Besuchen. Sie schickt sich darein, mischt sich selten in die Gespräche, die von der Politik zum Schreiben und wieder zurück wandern. »Ja, die Müdigkeit«, sagt Jochen nun. »Sie ist unser großer Feind. Die Müdigkeit – und die Anfechtung aufzugeben, ein Ende zu machen.« – So offen redet er selbst ihr gegenüber selten über seine Versuchung zum Selbstmord. So vertraut wie mit Reinhold Schneider spricht er überhaupt nur mit wenigen. Und doch bleibt ein Graben zwischen den beiden. Sie sind auch nach mehreren Jahren Freundschaft immer noch beim ›Sie‹, halten sich gegenseitig auf einer förmlichen Distanz. Ob es an der unterschiedlichen Konfession liegt? Jedes Mal, wenn Schneider sein Kommen ankündigt,

freut sich Jochen wie ein Kind. Wenn er dann wieder ab-
gereist ist, ergeht er sich in langatmigen Ausführungen
darüber, dass und warum ein Katholik das innerste Wesen
und Geheimnis des Protestantismus nie durchdringen
werde.

Hanni lächelt darüber, aber nur, wenn Jochen es nicht
sieht: Dass zwei Christen in diesen Zeiten nicht zueinan-
der finden, leuchtet ihr nicht ein.

*In Schneiders Katholizismus lägen die unüberbrückbaren
Differenzen, meinte Jochen vorhin wieder einmal. Ich verstehe es nicht. Es ist doch letztlich dieselbe Religion ... So wie
unser Freund aus Hinterzarten interessiert sich kaum einer
für den Fortgang vom ›Ewigen Haus‹. Kaum einer stellt so
kundige Fragen, gibt so gute Anregungen. Aber ich muss es
wohl so stehenlassen. Die beiden sind sich vielleicht zu ähnlich und bestehen deswegen auf dem konfessionellen Unter-
schied.*

Hannis Gedanken schweifen ab, als Jochen beginnt,
von seinem neuen Buch zu sprechen. Neu ist es ja längst
nicht mehr. Sie selbst hat ihn darauf gebracht, er solle
über Luther und Katharina von Bora schreiben. Damals
waren die Arbeiten am ›Vater‹ beendet, er brauchte dringend ein anderes Projekt. Bei Jochen fiel die Idee sofort
auf fruchtbaren Boden, so als hätte er nur noch auf einen
Anstoß von außen gewartet. »Das erste evangelische
Pfarrhaus: Das ist ein reiches und großes Thema, wie für
mich geschaffen. Es wird alle meine Kräfte brauchen, um
ihm gerecht zu werden.« Seine Worte hat Hanni in ihrem

Gedächtnis aufbewahrt. Sie haben sich mehr als bewahrheitet. Seit mehr als vier Jahren arbeitet Jochen nun am »Ewigen Haus« – der Titel stand von Anfang an fest – und ist noch immer nicht über das erste Kapitel hinaus. »Es ist aber auch zu viel anderes, was auf uns einstürmt und ein ruhiges Arbeiten verhindert, vor allem, wenn man selbst kein sicheres Haus mehr hat«, denkt sie.

Wie lange werden sie noch hier bleiben können, in Berlin, in Deutschland? Sie haben ein erstes Haus gebaut und es wurde ihnen genommen. Einfach enteignet, weil der Staat an dieser Stelle Repräsentationsbauten plante. So laufen die Dinge, Bürger haben keinerlei Handhabe gegen angeblich höhere Zwecke der Nation. Nun wohnen sie in ihrem zweiten Heim, das sie der Zeit abgetrotzt haben. Als Schneider damals in den Schwarzwald zog, vermochte Hanni, ihm ein passables Zimmer einzurichten. Sie spürt, dass er ihr diese Tat bis heute hoch anrechnet. Doch nun gleiten die Kleppers selbst immer mehr in ein unbehaustes Dasein ab, in ein Gefühl der Heimatlosigkeit. Ein Haus zu haben ist das eine, es bedeutet vor allem Jochen sehr viel. Aber wirklich daheim sind sie nicht, weder in ihrem Haus noch in ihrem Land. Gitte ist in Nikolassee gar nicht mehr mit eingezogen. Ihre Auswanderungserlaubnis für London kam kurz vor Fertigstellung des Neubaus. Seit der Krieg begonnen hat, erhält Hanni nur noch spärliche Nachrichten von der Tochter im feindlichen Ausland.

Und Reni? Sie hätte zusammen mit der Schwester das Land verlassen können. Doch seinerzeit redeten sie sich ein, sie sei zu jung. Nun ist sie in akuter Gefahr und alle Bemühungen, die sie um ihretwillen unternehmen, scheitern. Sie hätten sie ziehen lassen sollen. Purer Egoismus war es, so wirft sie sich in ihren schlaflosen Nächten vor. Sie wollte wenigstens ein Kind behalten und Jochen bestärkte sie darin. Insgeheim hegt sie deswegen einen Groll gegen ihn. Auch wie er auf die Enteignung ihres ersten Hauses reagierte, versteht sie bis heute nicht. Einerseits war er, genau wie sie selbst, entrüstet; vor allem, als klar wurde, wie wenig Entschädigung fließen würde. Andererseits deutete er die Ereignisse zu seinen Gunsten um. Darin ist Jochen Meister. »Wer nie sein irdisch Haus verlor, wie soll so einer vom ›Ewigen Haus‹ schreiben können.«

Jochen schreibt an seinem Buch. Jaja, sein ›ewiges Haus‹: Während er sich schöne Wendungen ausdenkt, kümmere ich mich um alles, was unsere irdische Bleibe angeht. So lange wir in dieser Welt sind, brauchen wir ja Boden unter den Füßen, ein Dach über dem Kopf. Ich muss mich morgen unbedingt kümmern, dass wir noch Kohlen für den Winter ergattern. So etwas geht an meinem Vate glatt vorbei. Mein frommer Träumer! Ich muss ihn manchmal erden, ihm ein Halteseil anbieten, damit sein Luftschiff nicht gänzlich abhebt.

»Retten Sie ihr Werk«, sagt Schneider gerade, ein Satz, der Hanni alarmiert aufhorchen lässt. Wo sind die beiden in ihrem Gespräch hingeraten? Doch schon beim nächsten Satz lehnt sie sich erneut zurück. Es geht um Jochens Einberufung zur Wehrmacht, ein Thema, das sie für sich abgehakt hat. In dieser Sache entzieht er sich ihr beharrlich. Im September wurde er gemustert und für tauglich erklärt. Ab kommendem Monat wird er als Fahrer in einer Nachschub-Einheit dienen. Er ist darüber begeistert! Als er zunächst ›nur‹ im Sanitätsdienst eingesetzt werden sollte, lehnte er entrüstet ab. Er müsse an die Front, ein echter Mann sein. Es befremdete Hanni. Dachte er überhaupt nicht an sie und die Tochter? Sie brauchte eine Weile, ehe sie begriff und sich darein schickte. Für ihn ist es ›seines Königs Heer‹, in dem er dienen wird. Es ist das Heer Friedrich Wilhelms, zu dem er eine ungebrochene Traditionslinie zieht. Eine Nation braucht eine Armee. Das relativiert für ihn alles andere, Hitlers Krieg, die kranken Weltherrschafts-Phantasien der Nazis. Er glaubt sogar, sie und Reni schützen zu können, dadurch dass er Soldat wird.

Müssen ›richtige Männer‹ unbedingt in den Krieg ziehn? Stützt er dadurch etwa nicht Hitlers Regime, dessen Verbrechen ihm doch andererseits deutlich vor Augen stehen? Ich muss diesen Zug an Jochen akzeptieren; darüber hinwegsehen, dass er in dieser Beziehung wie ein kleiner Junge ist, der mit Zinnsoldaten spielt. Liebte ich nicht gerade das Kindliche, Jungenhafte an ihm, anfangs? Für mich ist es schon das zweite Mal, dass ich einen Ehemann in den Krieg ziehen sehe. Und auch wenn ich es mir nicht vorstellen mag, es besteht die Gefahr, dass er fällt. Dieses blöde Wort: Soldaten ›fallen‹, das klingt nach Heldentum und Opfertod. Spätestens seit den Schlachtfeldern an der Somme weiß man doch, dass es ein jämmerliches Krepieren ist, ein Ersticken, Zerfetztwerden, Verbluten. Ich mag mir das nicht vorstellen. Was würde aus mir und Reni, wenn ... — ?

Jochen redet davon, was er erhofft, sollte er sterben. Redet davon in fast heiterem Ton. »Welt ist Welt und bleibt Welt. Nur einer kann die Welt und alles Kriegsgeschrei überwinden,« so seine Worte. Bald wird er in die Kaserne umziehen. Unglaublich, aber er freut sich auf seinen Militärdienst. Hanni vermutet, dass es Gründe gibt, über die er sich nicht Rechenschaft gibt; Gründe, die in seiner Situation als Autor liegen. Nicht mehr den Tag am Schreibtisch verbringen, sich jedes Wort abtrotzen müssen. Oder unnütze Telefonate führen, Anträge schreiben, Absagen verdauen. Alles erscheint ihm sinnvoller als das. Er fühlt sich in einer Sackgasse angekommen. Aber wenn Jochen ›fällt‹, dann fällt auch für sie, Hanni, aller Schutz weg, den sie durch den arischen Ehemann bisher genossen hat.

»Retten Sie ihr Werk!«, sagte Freund Schneider eben. Was wäre ihr eigenes, Hanni Kleppers, Lebenswerk, wenn sie kämen, um Reni und sie abzuholen? Durch Landsbergers und andere jüdische Freunde und Verwandte ist sie im Bild über die Transporte, die gen Osten gehen. Transporte, von denen noch keiner lebend zurückgekehrt ist.

Hanni wendet ihre Aufmerksamkeit wieder dem Gespräch zu. Eben führt Jochen aus, was er über Katharina von Boras Beitrag zur Leistung Luthers herausgefunden hat: »Vieles muss geschehen, aber sehr viel muss sein und in diesem Sein sich vorbereiten.«, konstatiert er, während er seine Teetasse zwischen Tisch und Mund balanciert. »Und ebendies ist der Beitrag der Frau zur aktiven Lebensgestaltung des Mannes, sie lebt im Sein, in der Erfahrung, im Beten — und ist vielleicht gerade so aktiver als der Mann.«

Hanni schluckt. Es ist das alte Bild der Geschlechterrollen: Der Mann für die Taten, die Frau im Gefühl. Handeln auf der männlichen Seite, Erleben und Glauben auf der weiblichen. Wie gerne würde sie Jochen die Taten lassen, die sie, von ihm unbemerkt, erledigt, während er über seinem Buch brütet. Wie willkommen wäre ihr eine Ruhepause, in der sie sich dem Fühlen und einfachen Da-Sein überlassen dürfte. Gebete? Ja, sie betet oft und in heißen Stoßgebeten, die sie zornig gegen den gleichgültig verschlossenen Himmel schleudert. Der geübtere, willigere Beter sitzt ihr gegenüber. Jochen betet täglich, betet, indem er Tagebuch schreibt, indem er an seinem Buch arbeitet, indem er Briefe nach der Schweiz, England und Schweden schickt. Mit jeder Briefmarke, die er auf einen Umschlag klebt, heftet er ein Gebet an den Brief, ein »Herr, nicht wie ich, sondern wie du willst.« Diese Art des betenden Sich-in-sein-Schicksal-ergeben hat Hanni noch nicht gelernt. Auch Freund Schneider scheint sich im Beten auszukennen. Ihr gehen die Zeilen seines Gedichtes durch die Gedanken:

»Allein den Betern kann es noch gelingen
Das Schwert ob unsern Häuptern aufzuhalten ...«

Sie kennt es auswendig. Nachdem sie es mit einer Widmung versehen vom Autor geschenkt bekommen hatte, las sie es täglich. Vielleicht ist Schneider ihr in seinem Denken näher als der eigene Ehemann. Bei ihm wird das Gebet zur Tat, mit der er »die Welt den richtenden

Gewalten durch ein geheiligt Leben abzuringen« versucht. So würde sie gerne beten lernen. Aber sie fühlt sich dazu zu müde, zu hoffnungslos. Ihr einzig verbliebenes Gebet ist das allmorgendliche »Gib mir Kraft, dass ich diesen Tag überstehe!«

Über den Garten und die nahe Rehwiese hat sich die frühe Novemberdämmerung gesenkt. Hanni erhebt sich, um das Licht anzumachen. Doch Schneider nimmt ihre Aktion zum Anlass aufzubrechen. Angeblich hat er noch einiges in der Stadt zu erledigen. Da kündigt Jochen an, noch etwas Wichtiges für den Freund bereit zu haben und eilt in sein Arbeitszimmer. Während sich ihr Gast ankleidet, mustert Hanni verstohlen seine Garderobe. Ein fadenscheiniger grauer Lodenmantel, dazu ein alter wollener Schal. Hanni wird zumindest letzteren durch einen neuen, eigenhändig gestrickten samt dazu passenden Pulswärmern ersetzen, wenn demnächst das Weihnachtspäckchen nach Hinterzarten gepackt wird. Wie immer verabschiedet sich Schneider förmlich und per Handkuss von ihr. Da zieht sie ihn amüsiert an sich, gibt ihm einen Kuss auf die Wange und flüstert dabei in sein Ohr: »Denken Sie bitte an meinen Mann, wenn er beim Militär ist. Schreiben Sie ihm, er wird die Ermutigung brauchen.« Der Gast errötet und nickt stumm. In diesem Moment kommt auch schon Jochen hinzu, den Band seiner Gedichte zum Kirchenjahr in Händen. Er hat das kleine Buch in Seidenpapier eingehüllt und überreicht es dem Freund zum Abschied.

Keine Hilfe, nirgendwo
September 1941

Hanni sitzt am Schreibtisch und erledigt Post. Reinhold Schneider hat geschrieben und Anteil genommen an ihrem Ergehen. Es ging ihm ausdrücklich nicht nur um Jochen und wann er endlich zurück käme, es ging ihm um sie selbst und die Tochter. Bei aller Verzweiflung spürt sie darüber Freude, die sie innerlich ein wenig aufwärmt. Unter dem Brief aus Hinterzarten zieht sie eine Depesche hervor. Ihre alten Breslauer Freunde Ilse und Ludwig kabeln aus Lissabon und bedanken sich für die erfahrene Hilfe. »Lissabon erreicht. Stopp. Danke!!!« Die drei Ausrufezeichen haben sie sich geleistet.

Nun reisst sie den letzten Brief auf, zerrt das Papier aus dem Umschlag. Sekundenlang starrt sie auf die Buchstaben. Ihre Hand zittert, das Geschriebene verschwimmt vor ihren Augen, Angst schnürt ihr die Kehle zu. An diesem Schreiben hängt alle Hoffnung für Reni.

Wäre jemand im Raum, der Hanni länger nicht gesehen hat, er würde bei ihrem Anblick erschrecken. Eingefallene Wangen, blasse Gesichtshaut, aus der die Stirn eckig hervortritt. Die Haare ungekämmt. Nur mit einem Morgenmantel bekleidet, geistert sie seit Stunden durchs Haus. Seit dem Aufbruch der Tochter früh um halb sechs. Dazu zwingt sie sich täglich. Sie steht mit dem Kind auf, richtet das Frühstück und schmiert ihm zwei Stullen für die Pause. Sie selbst trinkt einen schwarzen Kaffee, während ihre Kleine ein Butterbrot dick mit Rübenkraut bestrichen vertilgt. Die Kleine, sie bleibt es, auch wenn sie inzwischen neunzehn ist, ausgestattet mit einem hübschen blonden Lockenkopf, der ihr unter normalen Umständen an jedem Finger einen Verehrer bescheren würde. Von solchen Umständen sind sie weit entfernt. Nichts ist mehr normal. Neuerdings muss Renate auf jedem Mantel, jedem Pullover, jeder Bluse einen handtellergroßen gelben Stern tragen. Wer hätte sich so etwas vorstellen können, wie krank müssen die Hirne sein, die sich das ausgedacht haben!

Wenn die Haustür ins Schloss gefallen ist und der Schritt der Tochter sich auf der Straße entfernt, lässt Hanni sich gehen. Zwar kehrt sie nicht noch einmal in die Federn zurück, das nicht. Meist streift sie ziellos durchs Haus, von einem Zimmer ins nächste; verharrt gedankenverloren vor einem Bild, einem Einrichtungsgegenstand; zuckt bei jedem Geräusch, jedem Knacken der Dielen zusammen. Selbst wenn Nachbar Hans Karbe nur den Schuppen aufschließt, um sein Rad zu holen. Hanni ist mit den Nerven am Ende.

Das Haus, in das wir vor nunmehr zwei Jahren eingezogen sind, ist zum Geisterhaus geworden. Bewohnt von den Geistern derer, für die es gedacht war — vielleicht auch schon derer, die es nach uns bewohnen werden. Ich bin übrig, bin die letzte. Jochen irgendwo in der Ukraine, Gitte in England, und Reni in einem kalten Nähsaal im Wedding. Manchmal stelle ich mir vor, dass bei einem Alarm eine verirrte Bombe auf unser Viertel fiele und unser Heim träfe. Nur meine Leiche läge unter den Trümmern und bei dem Gedanken wird mir fast wohl. Was für eine irre Vorstellung. Nur absurde Zeiten, wie wir sie gerade durchleben, können solche Lebensmü-

digkeit hervorrufen. Wenn nur von Gitte mal wieder Nachricht käme! Seit Kriegsausbruch haben sie den Postverkehr mit England eingestellt. London wird bombardiert, von den Deutschen bombardiert…

Hannis Gedanken wandern weiter zu Jochen. Er ist noch immer begeistert und eifrig Soldat. Die eine Woche erhält sie gleich vier Feldpostbriefe von ihm, die andere dafür keinen einzigen der ersehnten grauen Umschläge. Und wer weiß, vielleicht erhält sie schon morgen die Nachricht, dass sie zum zweiten Mal Witwe geworden ist. Jochen sucht dort draußen immer noch »seines Königs Heer«, ist mehr in seinem Buch über den alten Preußenkönig gefangen als in der Realität und will nicht wahrhaben, dass die Wehrmacht, in der er dient, willfährig die Pläne des ›größten Feldherrn aller Zeiten‹ ausführt. Andererseits scheint die Gefahr für den Obersoldaten Klepper nicht allzu groß zu sein. Seine Vorgesetzten kennen zu einem großen Teil den ›Vater‹ und ehren dessen Verfasser. Sie halten die Hand über ihn – was Jochen und seinem Hunger nach Anerkennung natürlich guttut. Er darf seinen Kameraden Vorträge halten, um die Moral der Truppe zu stärken. Es geht ihm gut, er schläft, hat Appetit, sieht gesünder denn je aus. Nur den Kontakt zu den politischen Realitäten und den Lebensbedingungen von Frau und Tochter zuhause scheint er verloren zu haben. Er geht immer noch davon aus, dass er durch seinen Dienst im Heer etwas Gutes für sie beide erwirken könnte. Das Gegenteil ist der Fall, in ihrem letzten Brief hat sie es unmißverständlich formuliert: »Du kannst mir augenblicklich nur mit einem eine Freude machen, mit deiner Rückkehr!!!« Selten, dass sie ihn so bedrängt hat. Aber sie muss tagsüber fast ununterbrochen an Reni denken, die mit dem gelben Stern unterwegs sein muss. Ihre liebe Kleine ist weder stolz noch schämt sich sich für dieses Schandmal. Unendlich peinlich sei es ihr zu denken, dass ihr eigenes Land sie auf diese Weise loswerden, abstempeln wolle. So kam es just am Vorabend über ihre Lippen. Sonst keine Klage, keinerlei Jammern. Dabei hätte sie allen Grund, sich zu beschweren. Sie stichelt sich tagsüber die Finger wund, näht im Akkord Kindermäntel für einen Hungerlohn. Hanni spürt einen scharfen Stich im Herzen. Ihre Schuld. Alles ihr Versagen. Sie war es, die nicht beide Kinder gleichzeitig hergeben wollte. Sie verhinderte, dass Renate zusammen mit der Schwester nach London reisen und sich in Sicherheit bringen konnte. Nun ist das Kind schutzlos den Luftangriffen ausgesetzt, kann in keinen Bunker flüchten. Wenn sie unterwegs eine Streife aufgreift, kommt sie eines Tages vielleicht einfach nicht mehr von der Arbeit wieder.

Hanni lässt die Augen auf das Schreiben in ihren Händen sinken. Edles Papier mit eingeprägtem Siegel: Schwedische Botschaft Berlin. Ihre letzte Hoffnung für Reni. Ihr Blick fällt auf den abschließenden Satz, »... müssen wir Ihnen leider mitteilen, dass wir für Fräulein Renate Stein momentan keine Möglichkeit der Aufnahme im schwedischen Staatsgebiet sehen.« Mit beiden Händen ergreift Hanni den Bogen und knüllt ihn zusammen.

In der Diele klingelt das Telefon. Schnell läuft sie aus dem Arbeitszimmer, findet im dunklen Flur blind den

Hörer, meldet sich mit einem vorsichtigen: »Ja bitte, wer ist da?« Sie hat sich in den letzten einsamen Monaten angewöhnt, dass sie am Telefon nicht mehr ihren Namen nennt, immer den Finger an der Gabel hat, um notfalls die Leitung gleich unterbrechen zu können. Nun hellen sich ihre Gesichtszüge jedoch auf: »Katharina, du bist es! Wie schön. ... Aber natürlich kommst du vorbei, wann? Ja, komm auf einen Kaffee. Ja, natürlich, es gibt viel zu besprechen. Komm, je eher, desto besser.«

Vikarin Katharina Staritz hat sich so sehr bemüht. Nicht nur um Renate Stein, aber Hanni kommt es vor, als hätte Reni einen besonderen Platz in deren Herzen. Jochen konnte mit seiner ehemaligen Kommilitonin nie richtig warm werden. Eine Frau auf der Kanzel!? Das passt nicht in sein Weltbild, obwohl die beiden zeitweise zusammen in einem Vorlesungssaal in Breslau gesessen hatten. Seit der Gatte eingezogen wurde und die Korrespondenz nach Breslau in Hannis Hände übergegangen ist, entstand zwischen den beiden Frauen ein enger Kontakt.

Eine halbe Stunde nach dem Telefonat klingelt die Freundin an der Tür. Eine lange wortlose Umarmung, sie drücken einander fest, fast so, als hielten sie sich aneinander. Wenig später sitzt jede vor einer Tasse dampfenden Bohnenkaffees, ein Luxus, der dank des Nachbarn den Weg in die Teutonenstraße 25 findet – es gibt solche Engel vereinzelt, neben Karbe zählt Katharina Staritz gewiss dazu.

»Du siehst blass aus, Kathi,« eröffnet Hanni das Gespräch. »Erzähl, was treibt dich nach Berlin?« Ihr Gegenüber trägt das Haar gerafft zu einem Dutt am Hinterkopf, die klassisch-strenge Tracht evangelischer Pfarrfrauen und Diakonissen. Dazu ein einfaches, fadenscheiniges Kleid. Auf ihre Frage kommt aus dem Mund der Besucherin ein Schluchzen, aus den freundlichen dunkelbraunen Augen ein Sturzbach an Tränen. »Sie haben mich geschasst, Hanni,« stammelt die Freundin schließlich. »Ich sollte Breslau schnellstmöglich verlassen, es sei zu meinem Schutz. – Diese Feiglinge! Dabei habe ich nur auf mich genommen, was sie sich nicht trauen.« – »Erzähl, was ist passiert?«, eine Aufforderung, die Hanni sich hätte sparen können. Denn nun sprudelt es aus Katharina Staritz nur so heraus. »Ich schrieb einen Brief an alle Amtsbrüder. Forderte sie auf, die nicht-arischen Geschwister jetzt erst recht zu unterstützen und zu integrieren und nicht etwa wegen der schändlichen Stern-Sache auszuschließen.« Hier seufzt die zierliche Vikarin kurz und fährt dann fort: »Das gab ihnen den Vorwand mich abzusägen. Und nachdem der Chef schon seit Frühjahr weg vom Fenster ist, können sie nun gleich die Dienststelle schließen.«

In Hannis Gehirn arbeitet es fieberhaft. Das Büro Grüber, für das Katharina als treibende Kraft tätig war, ist eine große Hilfe für die jüdischen Christen Schlesiens und des gesamten Reichsgebiets. Über diese kirchliche Dienststelle liefen viele Kontakte ins Ausland, vor allem zur Schweiz hin. Auch in der Angelegenheit von Reni war die ›Kirchliche Hilfsstelle für evangelische Nichtarier‹, so der offizielle Name, tätig gewesen. Nachdem Pfarrer Grüber aber ins Konzentrationslager deportiert und Stadtvikarin Staritz nunmehr entlassen ist, schließt sich auch diese Tür. Mit einem Schlag wird Hanni klar, dass diejenige, auf der bisher eine ihrer größten Hoffnungen geruht hatte, nun selbst der Hilfe bedarf.

»Du kannst hier bei uns bleiben, Kathi, wir haben genug Zimmer übrig – natürlich nur, wenn du möchtest.« So spontan, wie dieser Satz über Hannis Lippen kommt, so plötzlich ändert sich die Miene der Freundin. Ein Leuchten sprüht aus den Augen und taucht das verhärmte Gesicht in Glanz. »Ich danke dir, meine Liebe. Das nenne ich echte Freundschaft. Aber lass nur, ich hab' meine alte Bude in Marburg organisiert, im Dachgeschoss der Villa meines Doktorvaters – und das Beste ist: Ich darf seine Bibliothek nutzen. Ein wenig Theologie treiben, wird mir in meiner Lage guttun. Einfach nur passiv sein und nichts tun, das halte ich nicht aus, du kennst das ja. Am meisten tut mir weh, dass ich für meine Schützlinge nun keinerlei Hilfe mehr sein kann. Da ist es gleich besser, ihr Elend nicht mehr vor Augen zu haben.« Das ist nun wieder echt Katharina, so herzlich wie pragmatisch.

Die beiden Frauen verbringen noch einige Zeit miteinander, reden über Bücher, über Jochens ›Vater‹ und das unfertige ›Ewige Haus‹, das eingemottet in den bombensicheren Kellern der preußischen Staatsbibliothek ruht. Hanni erzählt von Renis Lebenslust und Energie, wie Hans Karbe sie mit zu Filmpremieren nimmt und sie den Stern mit ihrer großen Handtasche bedeckt; und wie sie selbst die Tochter ziehen lässt, ihr nichts erzählt von den Ängsten, die sie währenddessen zuhause aussteht. Was, wenn die beiden erwischt würden …

Heute hat Katharina mich besucht. Sie haben sie in Breslau abgesägt. In der Sternsache richtete sie ein mutiges Wort an alle Pastoren. Mutige Worte will niemand mehr hören und die sie sagen, stehen gleich mit einem Fuß im Gefängnis. Für Reni ist es jammerschade. Bisher fand Katharina immer noch eine Möglichkeit, die einen Versuch lohnte. Nun ist sie selbst gefährdet. Zum Abschied umarmten wir einander, ahnend, dass diese Begegnung unsere letzte sein könnte.

Sommer im Riesengebirge
August 1942

Hanni ist weit hinaus geschwommen. An diesem abgelegenen Ort mit seinem einsamen Seeufer traut sie sich Dinge, die in Berlin schon lange eine Sache der Unmöglichkeit wären. Zwar gibt es auch hier im Riesengebirge stramme Nazis, gerade unter den Sudetendeutschen sind sie zahlreich. Aber auf die Idee, ›Juden-unerwünscht‹-Schilder an einem Bergsee aufzustellen, ist offenbar noch keiner gekommen. Außerdem: Hier kennt niemand sie außer Toni und Werner Milch, bei denen sie zu Gast sind. Und die sind selber Juden, die sich aus der Hauptstadt in ihr Ferienhaus zurückgezogen haben; der Bomben wegen, aber vor allem um dem drohenden Abtransport zu entkommen. Ob diese Rechnung aufgehen wird, kann keiner sagen, am wenigsten die beiden selbst.

Wir haben uns ein paar Tage Ferien bei Toni und Werner verordnet. Unsere lieben Freunde, seit Reni hier ihr Haushaltspflichtjahr machte. Ihr Ferienhaus bei Kirchhübel ist wie ein Hafen für uns. Die Sorgen bleiben zurück in Berlin. Merkwürdig, dass das funktioniert. Wo doch die Freunde selbst in Gefahr schweben. Sie verschwinden demnächst Richtung Balkan, hoffen irgendwo ein Schlupfloch zu finden. Gestern, gleich nach unserer Ankunft, haben sie mir und Jochen ins Gewissen geredet. Wir sollen es ihnen gleichtun, wenigstens Reni außer Landes bringen. Außer Flucht bleibe Juden jetzt nichts mehr, für alle legalen Wege sei es zu spät. Jochen will davon nichts wissen. Und ich auch nicht. Ich bin zu müde für jede Entscheidung.

Hanni dreht sich auf den Rücken und lässt sich treiben. Welch ein Genuss! Die Luft, die heute schon einen Hauch Herbst-Kühle enthält, streichelt ihre Wangen. Das Wasser umfängt ihren Leib und trägt ihn, rundum breitet sich ein Gefühl des Wohlseins in ihr aus; kleine zärtliche Wellen, die sich vom Bauchnabel über den Körper als konzentrische Kreise ausdehnen. Reni und Jochen liefern sich derweil am Ufer eine Wasserschlacht, ihr Lachen erreicht von fern das Ohr der Schwimmerin. Ihr war danach, allein und ungestört zu sein. Sie schließt die Augen. Unter ihren Lidern wirft die Nachmittagssonne orangene Kringel an eine Leinwand, auf der ihr plötzlich Szenen aus ihrem Leben erscheinen; manche scharf, die meisten in Weichzeichnung, wie aus einem wattigen Ungefähr. Ein dunkellockiges kleines Mädchen namens Johanna zwischen Mutti und Vater Gerstel, deren Blicke ernst in eine unsichtbare Ferne abgleiten. Das Nürnberger Geschäft, in dem sie oft hinter dem Tresen saß und mit Stoffresten spielte. Ihr erster Schultag, sie erinnert sich genau an den Trägerrock mit Schottenkaros, dazu weiße Kniestrümpfe und eine große himmelblaue Samtschleife, die ihr ins Haar gebunden wurde. Das Kind von damals erscheint Hanni auf einmal nah und lieb, schlüpft ihr unter die Haut und flüstert: »Hier bin ich, die ganzen Jahre war ich in deiner Nähe, und du hast es nicht gemerkt.« Auch Felix erscheint ihr, legt ihr die Hand in den Nacken, wie er es so gerne tat, sagt »meine Jo«. Diesen Kosenamen hat er für sie geprägt, er blieb allein ihm vorbehalten. Jahrelang hatte sie ihn verdrängt, auf einmal klingt er nah und vertraut an ihrem Ohr.

Ein Schatten fällt auf die Badende, vertreibt den orangefarbenen Hintergrund ihrer Kinoleinwand. Sie öffnet die Augen und sieht, dass die Sonne sich hinter einem Berg versteckt hat. Wie lange ist sie regungslos im Wasser getrieben? Auf einmal fühlt sie ihre Gänsehaut, das Zittern einer beginnenden Unterkühlung. Hanni schwimmt mit hastigen Zügen Richtung Ufer. Ihre Glieder fühlen sich schwer an, kalt und fremd. Sie zwingt sich die Bewegungen ab. Wenn sie ertrinken würde? Nein, das kann sie Mann und Kind nicht antun! »Was ist aus mir geworden?«, denkt sie. »Wo ist das Glück geblieben? Eben gerade ist es für einen Moment zu mir zurückgekehrt.« Das Glück: mit großer Deutlichkeit spürt sie, dass es in ihrem Leben zur Unbekannten geworden ist; wie eine ehemalige Vertraute, die lange vernachlässigt, sich beleidigt zurückzog. Wer ist sie denn? Hanni Klepper, verwitwete Stein geborene Gerstel. Frau eines Schriftstellers, der nicht mehr schreiben darf und kann. Mutter zweier Töchter, die in Deutschland nicht mehr geduldet sind, deren eine im unerreichbaren London ihr erstes Kind erwartet, ohne dass sie bei ihr sein kann. Eine Jüdin, die Christin geworden ist und in keiner der beiden Religionen eine Heimat gefunden hat.

Renate und Jochen haben ihr Spiel längst beendet und sind zum Haus zurückgekehrt. Als Hanni bei der Terrasse ankommt, schaut Jochen sie erschrocken an. Wortlos holt er das große Handtuch, hüllt seine Frau darin ein und beginnt, sie abzufrottieren.

Was ist aus mir geworden? Ehefrau, deren Ehe vom Staat nicht geduldet und vielleicht zwangsgeschieden werden soll; Geliebte — aber kann man unsere Überlebensgemeinschaft noch Liebe nennen? Mutter, die das ihr verbliebene Kind wegschicken müsste und dazu unfähig ist; Bedrohte — aber ich sehne im Innersten das Ende herbei; dass alle Angst und Qual aufhören mögen. Ich bin nur noch müde. Todmüde.

Die Urlaubstage im Riesengebirge vergehen im Flug. Ihre Gastgeber haben ein Visum für Argentinien ergattert und wollen mit Hilfe einer Untergrundorganisation Europa verlassen. Europa, über das der Nationalsozialismus wie eine Krake herrscht, um keine Juden entkommen zu lassen. Den Schlüssel für ihr Haus übergeben sie Kleppers. Toni Milch flüstert Hanni zum Abschied ins Ohr: »Ich wünsche dir Glück, meine Liebe, und wünsch' du es uns. Wir können es alle drei, Unsinn, alle fünf gebrauchen. Und pass mir auf Reni auf, ihr junges Leben darf nicht unter die Räder kommen.«

Zurück in Berlin versucht Hanni, wieder in einen Alltagsrhythmus zu finden. Sie hält das Haus in Ordnung, plant die Ernährung der Familie auf Basis der Lebensmittelmarken für Jochen und sie selbst. Für Reni erhält sie seit dem Deportationsbescheid im Januar keine mehr und wagt es nicht, in dieser Sache beim Amt vorstellig zu werden. Hannis Tun ist Fassade, vorgespiegelte, oberflächliche Routine. Einen Alltag, in dem jeder seine Bestimmung und alles seinen Platz hat, gibt es im Hause Klepper schon lange nicht mehr gibt.

Ich tue so als ob. Als ob ich verantwortlich wäre. Als ob es
Sinn macht, dass ich die Lebensmittel für den kommenden
Monat einteile, einen Speiseplan mache, Anna zum Einkau-
fen schicke. Ich gehe unsere Wintergarderobe durch, bessere
aus, stopfe, stricke, nähe. Als ob es ein nächstes Frühjahr für
uns gäbe. Alles nur als ob. Was bleibt mir anderes? Wenigstens
hält es mich aufrecht. Wie ein Korsett. Dieses Korsett aus
täglichen Aufgaben und Pflichten hält mich am Leben. Bloß
nicht nachdenken. Wenn ich anfange zu grübeln, falle ich in
ein Loch.

Jochen, der seit einem knappen Jahr aus der Armee
entlassen ist, dienstunwürdig erklärt wegen ihrer Ehe,
gibt vor, an seinem Buch weiterzuarbeiten. Tatsächlich
verbringt er einen Großteil seiner Zeit damit, zu telefo-
nieren, Korrespondenz zu führen, auf Ämtern vorzuspre-
chen. Die wenigen Tage und Stunden, die ihm für seine
schriftstellerische Arbeit bleiben, sitzt er kraftlos am
Schreibtisch. Über das erste Kapitel scheint er nicht hinaus zu kommen. Und das hatte er bereits vor seiner Mili-
tärzeit abgeschlossen. Reni ist die einzige, in der noch
Lebensgeister, Fröhlichkeit, Mut, Hoffnung pulsieren.
Obwohl sie jeden Morgen früh aufbricht zu ihrer Arbeit,
hat sie abends noch Lust auf Unterhaltung. Doch seit sie
den Stern tragen muss, bleibt nicht viel übrig für sie. So
tanzt sie allein durchs Wohnzimmer, summt dazu Musik,
zieht sich Hannis Abendkleider über und mustert sich im
Spiegel.
   Die Rettung des ›Kindes‹: darum dreht sich alles in
Hannis und Jochens Denken und Tun. Im Januar konnte

ein Schutzbrief des Innenministers das Verhängnis noch einmal abwenden. Er schätzt Jochens Buch und hält die Hand über seine Familie. Noch. Möglicherweise ist seine Macht an eine Grenze gelangt. Sie haben sichere Kunde, dass die Deportation aller Juden aus Deutschland bis Ende dieses Jahres abgeschlossen sein soll. Möglicherweise wird es auch Hanni selbst treffen, ihrer Ehe droht die Zwangsscheidung. Alle Hebel setzt Jochen derzeit in Bewegung. Briefe nach der Schweiz, zur schwedischen Botschaft, zur schwedischen Kirchenleitung gehen hin und her.

Hätten sie doch Renate damals mit nach England gehen lassen! Dort würde sie zusammen mit Gitte ein neues Leben begonnen haben. Hätte Jochen nicht so lange daran festgehalten, dass sein Platz als Schriftsteller nur in Deutschland sein könne! Argentinien, Schweden, die USA, eine Tür wäre ihm nach dem Erfolgs des ›Vaters‹ bestimmt offen gestanden. Ja, manchmal hadert sie. Mit ihm, mit sich, mit Gott. Vor allem aber mit den Möglichkeiten, die sie sich haben entgehen lassen und die nun, eine nach der anderen, in der Irrealität versunken sind. Wer trägt Schuld daran? Was, wenn Jochen das Heft fester in die Hand genommen hätte? Wenn er realistischer gewesen wäre, anstatt in seiner Bibel nach Weisungen zu suchen, die dort nicht zu bekommen sind. Stimmen der Auflehnung in Hanni, die jedoch immer leiser werden. Häufig spürt sie nur mehr die große Müdigkeit. Was Jochens derzeitige Bemühungen angeht, glaubt sie nicht mehr an einen Erfolg. Sie hat mit allem abgeschlossen. Reni selbst ist es, deren Lebenslust, Humor und aufblühende Schönheit sie noch aufrecht halten. Um ihretwillen zwingt sie sich jeden neuen Tag in den Kampf, den es für sie bedeutet aufzustehen und zu leben.

Der Oktober kommt und zeigt sich in diesem Jahr von seiner besten Seite, Sonne, buntes Laub, späte Rosen im Garten. Plötzlich überrascht Jochen sie mit Fahrkarten zu einer Reise. Er hat beim Verlag Urlaub bekommen, ist doch seine Beschäftigung dort ohnehin mehr ein Vorwand, um ihn vor unliebsameren Dienstverpflichtungen zu schützen. Hanni muss sich überreden, sich erinnern an ihre frühere Reiselust. Der fränkisch-schwäbische Raum soll ihr Ziel sein, Würzburg und Augsburg, dort hat Jochen durch Beziehungen Hotelzimmer reservieren können. In Hanni flackert nun doch ein Rest Eigenwille und Interesse auf: »Wenn wir schon in der Richtung unterwegs sind, dann lass uns auch Nürnberg mitnehmen. Ich möchte so gerne noch einmal die Stadt meiner frühen Kindheit sehen.« So packen sie also die Koffer. Wermutstropfen bei der Unternehmung ist, dass das Kind nicht mitkann, unmöglich, es von seinem Dienst frei zu bekommen. Renate lässt kein Wort der Klage oder gar des Vorwurfs über ihre Lippen kommen, Hanni merkt die Enttäuschung lediglich an den versteinerten Zügen der Tochter, an der Wortkargheit, die sonst nicht ihre Art ist. Zu allem Überfluss kommt am Tag vor ihrer Abreise ein Brief aus London an. Nach langer Zeit der erste, den die Zensur durchgelassen hat. Brigitte schreibt fröhlich, erzählt von der kleinen Wohnung, die sie endlich finden konnten, vom sich rundenden Bauch und der Vorfreude auf das Kleine, das in ihr heranwächst. Während Reni liest, beobachtet ihre Mutter sie. Die Blässe und das verstohlene Wischen über die Augenwinkel nimmt Hanni kommentarlos hin, während es in ihr brodelt. Soll sie Jochen doch noch einen Korb geben? Freut er sich wirklich auf die gemeinsame Reise? Oder gibt er sich, wie sie selbst auch, nur den Anschein?

Letztlich ist es Reni, die in die inneren Kämpfe der Mutter eingreift und mit aller Autorität, die ihr zur Verfügung steht, entscheidet. Mit einem Ruck strafft sie sich, wirft Brigittes Brief auf die Anrichte und kommandiert: »Was stehst du hier unnütz, Mama? Los, du musst deine Koffer packen. Und lass dir bloß nicht einfallen, meinetwegen hier bleiben zu wollen.«

Am folgenden Morgen sitzen sie im Zug. Sie haben sich eine Fahrkarte dritter Klasse geben lassen und sind froh über diesen Rat eines guten Bekannten. Während es in der zweiten Klasse eng zugeht, finden sie in der dritten sogar ein Abteil, in dem sie für sich sind. Sie reden wenig, schauen aus dem Fenster und genießen die Landschaft, durch die sie rollen. Als sie im Thüringer Wald in eine Schlechtwetterfront geraten, holt Hanni den Rucksack aus dem Gepäcknetz und zaubert eine Jause hervor: Butterbrote, gekochte Eier, einen Apfel für jeden. Jochen lächelt sie dankbar an, rutscht eng neben sie und beginnt, ihr Brocken in den Mund zu schieben. Sich gegenseitig füttern, ein Spiel, das bis in die Tage ihrer ersten Verliebtheit zurückreicht.

Leider wird Würzburg eine Enttäuschung. Viele Kunstwerke aus den Kirchen sind entfernt und in unterirdischen Magazinen zum Schutz vor Bomben eingelagert. Das Essen im Hotel ist leidlich, als sie nach Wein fragen, verweigert man ihnen den. Dafür wird Nürnberg für Hanni zu einem Höhepunkt. Sie hätte es bis vor kurzem selbst nicht geglaubt, welche Erfüllung es ihr schenkt, die Wege ihrer Kindheit noch einmal zu gehen. Auf der Befestigung der Burg stehend, erklärt sie Jochen die Sehenswürdigkeiten der Stadt. Freilich, auch hier stören die neuen Bauten das Bild. Den Protz und groben Pomp des Reichsparteitag-Geländes finden beide Kleppers abstoßend und peinlich. An Hannis Geburtshaus sind die Glasfenster durch Holzbretter ersetzt, am Klingelschild lesen sie fremde Namen. So erklären sie am Ende Augsburg zum eigentlichen Gipfelpunkt ihrer Reise. Der dortige Superintendent kennt und schätzt Jochens Buch, vor allem aber seine Lieder. Sie werden in seinem Haus zu einer reich gedeckten Kaffeetafel geladen. Im Anschluss gibt es ein Treffen Jochens mit den Pastoren des Dekanats, von dem er gut gelaunt zu Hanni zurückkehrt. Sie freut sich mit ihm, konstatiert wieder einmal, wie sehr sein fragiles Seelengleichgewicht am Erfolg und an der Anerkennung hängt.

Schließlich entdecken sie noch einen Schatz. In einem Antiquitätengeschäft macht Hanni eine Figur aus. Eine geschnitzte Christusskulptur, die in einem Winkel verborgen steht. Auf Nachfrage zeigt ihnen die freundliche und kompetente Inhaberin das Stück: »Da haben sie eine wirkliche Rarität ausgemacht. Gotik, ein namenloser Künstler, vermutlich aus der Riemenschneider-Schule.« Die Herkunft der Skulptur ist der Händlerin unbekannt, jedenfalls behauptet sie das. Deren Zukunft handeln die Eheleute noch am selben Tag aus, nachdem sie ihre Berliner Bank zur Überweisung der Kauf-Summe angewiesen haben.

Ich habe beim Stöbern eine Christusfigur aufgetan, die Jochen und mir ungemein gefällt. Es ist ein Ecce Homo, der den dornenbekrönten Kopf aufstützt und sinnend am Betrachter vorbeischaut. Uns ist, als verkörpere er unser Leid, als fänden wir zu seinen Füßen Platz. Jochen will mir die Figur zum Geburtstag und zugleich zu Weihnachten schenken. Mein Geburtstag in wenigen Tagen: Wir werden ihn zuhaus in Nikolassee feiern mit Reni am Tisch. Ich kann kaum erwarten, sie wieder in meine Arme zu schließen, mache mir immer neue Vorwürfe, dass wir das Kind unter dieser Bedrohung allein gelassen haben. An Weihnachten mag ich momentan noch nicht denken.

Eigentlich können sie sich so etwas wie Kunst nicht mehr leisten. Aber als sie auf der Straße vor dem Antiquitätengeschäft stehen, legt Jochen seinen Arm um Hannis Schultern und sagt: »Geld spielt für uns doch keine Rolle mehr, Hanni«. Dabei zieht er sie an sich und beginnt zu flüstern. »Nicht, weil wir's im Überfluss hätten, sondern weil die Freude, die wir an diesem leidenden, uns segnenden Christus haben werden, alles andere aufwiegt.« Sie spürt den warmen Hauch seiner Worte an ihrer ausgekühlten Wange. Da formen sich ihre Lippen zu einem Lächeln.

Die Nacht ist vorgedrungen
9. Dezember 1942

Hanni sitzt an ihrem Sekretär. Sie trägt ihren Wintermantel mit Pelzkragen, das Wohnzimmer ist nicht beheizt. Sie brauchen ihre Kohlezuteilung, um wenigstens die Küche einigermaßen warm zu bekommen.

Es ist alles vorbereitet. Um Renis willen tut es mir am meisten weh, sie wollte doch leben. Wir beiden, Jochen und ich, haben abgeschlossen. Aber auch Reni ist müde geworden und nun einverstanden. Ich staune über sie, über die Heiterkeit, die sie ausstrahlt. »Wir müssen ja nur durch die Tür gehen, um uns auf der anderen Seite gleich wieder zu finden.«, so meinte sie vorhin. Ob sie recht hat? Ich weiß nicht. Manches, was ich zu wissen glaubte, ist mir in den letzten Wochen wieder abhanden gekommen. Sei's drum.

Es ist alles versucht, alles gescheitert. Als Jochen heute nachmittag von Eichmann zurückkam, musste ich gar nicht fragen. Ich sah ihm an, wie das Gespräch ausgegangen war. Die Tür, die in eine Zukunft geführt hätte, ist endgültig zugeschlagen. Von einem pedantischen preußischen Judenhasser. Nun bleibt uns nur noch der Notausgang. Wir dürfen ihn nehmen. Das ist mir und Jochen schon lange klar und zwischen uns abgemacht. Er hat es auch mit seinem Gott abgesprochen. Gleich, wenn ich den letzten Punkt gemacht und den Federhalter auf immer in sein Etui gelegt habe, werde ich mit diesen Blättern in den Garten gehen und sie dort in der Tonne, in der wir vor kurzem das Laub des Herbstes ent-

sorgten, verbrennen. Meine Wünsche und Hoffnungen, Ängste und Verzweiflungen werden zu Asche werden. So werde ich in diesem Punkt solidarisch sein mit den Millionen aus meinem Volk, deren Leben in Rauch und einem Häufchen Asche aufgeht in diesen Zeiten. Sie alle, von denen nichts bleibt als ein Name, vielleicht nicht einmal der.

Ich war Hanni Klepper verwitwete Stein geborene Gerstel. Ich war Jüdin und wurde Christin; ich war reich und wurde arm; ich hatte Häuser und verlor sie wieder, hatte Kinder und musste sie hergeben. Ich habe meine Liebe gefunden und halte sie fest bis zum Ende. Möge Gott uns gnädig sein.

Hanni erhebt sich und steckt ihr Tagebuch in die Manteltasche. Doch dann bleibt sie mitten im Zimmer noch einmal stehen und lächelt. Dass Jochen nun doch seinen Grundsätzen untreu wird. Eigentlich war er derjenige, der seine Memoiren verbrennen wollte. »Hanni, sie enthalten meine geheimsten Regungen, all meine Niederlagen und Triumphe. Diese Blätter dürfen in keines anderen Hände fallen.« So hat er es mehrfach beteuert. Aber nun ist er mit Renerle zum Nachbarn hinüber. Zwischen sich trugen sie den Wäschekorb mit Jochens Werken und ganz oben erkannte sie den blauen Schutzumschlag seines Tagebuchs.

Als sie aus dem Garten zurückkehrt, will sie gleich in den Keller hinunter. Da kommt gerade Anni Tiecke aus der Küche. »Frau Klepper, ich habe für heute Abend die schlesische Kartoffelsuppe gekocht, die Sie und ihr Mann so gern mögen. Ich würde dann jetzt heimgehen. Oder gibt es noch etwas zu tun? – Um Gottes willen, Frau Klepper Sie sind ja totenbleich. Ist Ihnen nicht gut? Soll ich Doktor Stern rufen?« Aber Hanni winkt energisch ab. »Alles gut, Anni, gehen sie nur nach Hause. Es wird nur wieder mein niedriger Blutdruck sein.« Sie sieht der hübschen dunkelhaarigen Berlinerin nach, bis sie das Gartentor hinter sich geschlossen hat. Dann seufzt sie auf und setzt ihr Vorhaben vollends um; holt aus dem Vorratsraum die in Tücher gewickelte Christusfigur, die sie in Augsburg erwarben und unter den Weihnachtsbaum legen wollten. Nun muss heute schon Weihnachten sein. Und zugleich Karfreitag. Und Ostern, – vielleicht. Dieser Christus wird Jochen, Reni und Hanni begleiten, in wenigen Stunden. Ein Schmerzensmann mit Dornenkrone. Wer, wenn nicht er, weiß um ihr Leid? Wer, wenn nicht er, könnte sie trösten auf diesen letzten Metern ihres Erdenweges?

Es dunkelt bereits, als Vater und Tochter mit dem leeren Wäschekorb zurückkehren. »Falls eine Hausdurchsuchung kommt …« Das hat Jochen sich als Argument und Deckmantel für Karbe ausgedacht. Reni wirkt weiterhin gelassen. Sie berichtet schmunzelnd: »Ich hab dem Hans gesagt: Wie schön, morgen muss ich nicht zum Dienst, da darf ich ausschlafen.« Da kommen Hanni die Tränen. Sie umarmen sich alle drei. Dann betreten sie die Küche, wo die schlesische Kartoffelsuppe auf dem Herd blubbert, die Augsburger Christusfigur auf der Anrichte steht und ein Stapel Decken in der Ecke liegt.

Wie weiter? Sie werden zu Abend gegessen haben. Und dann muss es irgendwann geschehen sein. Sie wissen: Es eilt nicht. Heute Nacht wird niemand kommen und sie holen. Vielleicht reden sie noch ein wenig. Aber was gibt es noch zu besprechen? Oder sie sitzen und schauen ins Licht der Adventskerzen, wie sie es in dieser Jahreszeit immer gern getan haben. Ob Jochen noch eines seiner Lieder lesen mochte? Er, der so kaputt war, so fertig mit den Nerven von seinem Besuch bei Eichmann nach Haus gekommen ist. Daran merkt Hanni, wie viel Hoffnung letztlich doch noch in ihm schlummerte, in ihrem immer müden, lebensmüden Mann. Aber auf dem Grund seiner Seele spürt sie die Erleichterung. Nun, wo alles entschieden ist, kann er mit gutem Gewissen sagen: »Ich habe alles getan, was ich vermochte und vor mir und meinem Gewissen verantworten konnte. Nun darf es gut sein. Der Kampf ist gekämpft und verloren.«

In der Schublade von Hannis Sekretär liegt Veronal, genug Tabletten, um drei Menschen in Tiefschlaf zu versetzen. Der Tisch in der Küche ist gedeckt. Hanni geht noch einmal zur Eingangstür und befestigt dort mit zwei Heftzwecken einen Zettel. Damit Anni Tiecke vorgewarnt ist, wenn sie morgen zur Arbeit erscheint. »Vorsicht Gas!«, steht auf dem Zettel. Das muss reichen. Dann schließt sie die Tür, dreht den Schlüssel zweimal um und kehrt zu ihren Lieben in die warme Küche zurück.

Nachwort

Johanna ist viele Wege gegangen, hat alle Orte besucht, die wichtig sind. In Berlin, Potsdam, Breslau und Nürnberg. Sie stand vor der angemieteten Wohnung in Südende, vor dem Haus in Nikolassee. Sie las die Namen auf den davor verlegten Stolpersteinen. Mehrmals besuchte sie das Familiengrab und verweilte davor. Eine Ruhestätte, drei Namen. Auf dem Querbalken des großen geschmiedeten Kreuzes steht auf der linken Seite der Name ›Renate Stein‹, in der Mitte ›Jochen Klepper‹ und rechts daneben ›Johanna Klepper‹. Sie liegen im Grab in der Anordnung, wie man sie auf dem Fußboden ihrer Küche tot auffand

Johanna horcht immer noch in sich hinein, ob sich irgendwann Trauer einstellt, etwas wie ein Vermissen. Oder Wut über das Ungeheuerliche, das geschehen ist. Aber sie fühlt kaum etwas, wenn sie dort auf dem Friedhof unter den hohen Bäumen steht. Eine Gärtnerei scheint die Grabpflege übernommen zu haben, immer gibt es neben den grünen Bodendeckern auch eine Schale mit jahreszeitlich angepassten Blühpflanzen. Und immer liegen auf dem breiten Querbalken des Kreuzes Gedenksteine. Für jüdische Gräber sind sie typisch, weiß sie inzwischen. Sie erkennt daran, dass die Familie Klepper-Stein nicht vergessen ist, dass außer ihr auch andere das Grab besuchen. Sie selbst hat ebenfalls einen Stein mitgebracht und abgelegt. Nachdem sie doch noch einmal in den Schwarzwald gefahren war und auf dem Buchberg hinter Grannys und Granpas ehemaligem Haus einen

Granitbrocken von Erde befreit hatte. Den nahm sie mit und legte ihn aufs Grab. »Eure Geschichte ist trotz allem weitergegangen, in mir zum Beispiel«, sagte sie trotzig und laut.

Überhaupt: Der Trotz ist das dominierende Element, wenn sie Innenschau hält. Dem Schweigen der eigenen Großeltern zum Trotz hat sie sich ihre Vergangenheit und Herkunft erschlossen. Der eigenen Mutter entgegengesetzt, will sie in Deutschland leben und schreiben. Auch die Geschichte Hannis hat sie sich abgetrotzt. Einiges von ihrer eigenen Wut und Auflehnung ist mit eingeflossen in die Tagebucheinträge, die sie ihre Urgroßmutter schreiben ließ. Oft wollte sie das Unternehmen abbrechen, sinnlos und unnötig erschien es ihr dann. Gab es doch wahrlich genug Literatur zum Holocaust. Die Kraft ihres Trotzes ließ sie dennoch weiterschreiben.

Nun ist Johanna am Ende ihrer Aufzeichnungen. Sie fühlt vor allem Erleichterung. Und etwas sehr Zartes, kaum in Worte zu fassendes: So als hätte ihr das Schreiben geholfen, kleine Wurzeln in den Acker ihres Lebens zu treiben. Trotz, Erleichterung – und Genugtuung. Sie hat für sich selbst die Geschichte eingeholt. Wie einen Fang in ihr Netz. Wie eine rohe Perle, der sie eine Fassung zu geben vermochte. Und sie weiß nun aus eigener Erfahrung: Historiographie ist nie Auflistung bloßer Fakten, ist immer auch Wertung, Einordnung, Zusammenschau und Gegenüberstellung. Und Aneignung. Indem sie, Johanna Molnar, ihrer Urgroßmutter Hanni eine Stimme gab, schlug sie ihre eigene Brücke hinüber auf die Seite der Opfer.

Opfer sollen ohne Stimme, namenlos und gesichtslos sein. So wollen es die Täter. Nicht zuletzt darin zeigt sich ihre Macht. Gedenkstätten und -steine arbeiten dem entgegen. Hanni, obwohl in doppeltem, nein dreifachem Sinne Opfer: der Nazis, des religiösen Staatsgehorsam ihres Mannes sowie ihrer beider depressiver Veranlagung, Hanni hat trotz alledem einen Namen und eine Geschichte bekommen und behalten.

Auch die andere Frage hat Johanna sich oft gestellt: Hätte es anders ausgehen können? Wie? Und wo wären die Weichen anders zu stellen gewesen? Was hätte das bedeutet in Bezug auf ihr eigenes Leben: Was wäre geworden, wenn …? Eine Frau, schön, begabt, vermögend kommt unter die Räder. Sie lässt sich von der Geschichte zermalmen. – Natürlich: es hätte anders kommen können. Vor allem, da Kinder eine Rolle spielten. Wenn nicht um ihrer selbst willen, um der Kinder willen hätte Hanni doch anders handeln können, ja müssen? Oder ist genau das Spielerei, müßiges, unernstes Spekulieren im Angesicht eines Schicksals, das übermächtig war.

Johanna hat versucht, sich in ihre Ahnfrau hineinzudenken. Sie war manchmal wütend über ihre Passivität; ihre Abhängigkeit, ja Hörigkeit von den Anschauungen ihres Mannes. Andererseits: In einer Welt und Zeit, in der alles für sie ins Wanken geriet und ihr der Boden unter den Füßen weggerissen wurde, hat Hanni sich an das gehalten, was einzig ihrem Leben noch Sinn und Stabilität verliehen hat: an ihre Liebe. Und so ist sie in und mit dieser Liebe in den Tod gegangen. Es war ihr Weg.

Johanna geht gedankenverloren über den Platz vor dem Nikolasseer Friedhof. Was wird sie als nächstes anpacken? Direkt an ihrem Weg liegt die Martin-Luther-Gedächtniskirche, in der ihre Urgroßeltern getraut wurden. Spontan betritt sie den Sakralraum. Auch hier war sie schon einige Male. Sie geht direkt zum Leuchter, der rechterhand des Altars beim Taufstein steht, nimmt drei Teelichte aus einer Schale, entzündet sie und platziert sie nebeneinander.

———

Biographische Daten

- 2.11.1890 Geburt von Johanna Gerstel in Nürnberg. Ihrer Familie gehören Modehäuser in mehreren Städten des Deutschen Reichs. Die Eltern lassen sich später scheiden, der Vater heiratet ein zweites Mal, aus dieser Ehe stammen zwei Halbgeschwister.
- 22.3.1903 Geburt von Joachim Georg Wilhelm Klepper im Pfarrhaus von Beuthen an der Oder als drittes von fünf Kindern.
- 1911 Heirat von Johanna Gerstel mit Dr. Felix Stein (geb. 1887), Rechtsanwalt und Notar aus Patschkau an der Neiße. Wohnort der Eheleute Stein wird Breslau. Beide Ehepartner gehören dem assimilierten Judentum an.
- 1920 Geburt der älteren Tochter Brigitte.
- 1922 Geburt der zweiten Tochter Renate.
- 1925 Felix Stein stirbt mit 38 Jahren.
- 1923 - 1926 Jochen Klepper studiert Theologie, bricht aber das Studium wegen gesundheitlicher Probleme ab. Von 1927 an arbeitet er als Redakteur beim Evangelischen Presseverband für Schlesien.
- 26.4.1929 erste Begegnung. Jochen bezieht in der Folge ein Zimmer im Haus von Hanni. Wenig später beginnt die Beziehung der beiden.
- 5.3.1930 Verlobung. Jochen Kleppers Familie reagiert abweisend auf die Braut des Sohnes.
- Sept 1930 Reise nach Paris. Hanni hilft Jochen bei Recherchen zu seinem Roman ›Die große Directrice‹.
- 28.3.1931 standesamtliche Trauung von Johanna und Jochen Klepper in Breslau.

- September 1931 Jochen Klepper sucht in Berlin nach Wirkungsmöglichkeiten und Wohnung für sich und seine Familie. Er findet eine Anstellung beim Berliner Funkhaus. Durch den Konkurs der Gerstel'schen Modehäuser verliert Hanni ein Drittel ihres ererbten Vermögens.
- 29.3.1932 Hanni und die Töchter kommen nach Berlin. Die Familie bezieht eine Wohnung in Berlin Südende, Berliner Str. 20. Der Moderoman von Jochen Klepper wird von mehreren Verlagen abgelehnt, unter anderem mit dem Hinweis, das darin reichlich enthaltene ›jüdische Element‹ sei hinderlich.
- Sommer 1932 Familie Klepper verbringt die Ferien bei Jochens Eltern und Geschwistern in Beuthen. Dort ist durch die Erkrankung des Vaters eine finanziell schwierige Situation entstanden. Hanni beleiht ihre Lebensversicherung, um ihrer Schwiegerfamilie unter die Arme zu greifen. Das Verhältnis bessert sich jedoch in keinerlei Weise. Jochen verfasst in wenigen Wochen das Buch ›Der Kahn der fröhlichen Leute‹, das von der Deutschen Verlagsanstalt verlegt wird und das er seiner Frau Hanni widmet.
- April 1933 Bruch mit Jochens Eltern und Geschwistern aufgrund von deren antisemitischer Haltung.
- Juni 1933 Jochen Klepper wird im Berliner Funkhaus entlassen. Ihm wird seine ehemalige Mitgliedschaft in der SPD vorgeworfen, ebenso wie seine Ehe mit einer Jüdin. Hanni schlägt vor, sich scheiden zu lassen. Das lehnt Jochen Klepper entschieden ab, unter anderem mit dem Hinweis, sie habe ihn davor bewahrt wahnsinnig zu werden.
- 1.8.1933 Anstellung Jochens bei der Funkredaktion ›Sieben Tage‹ des Ullstein-Verlags für ein Gehalt von 400 Reichs-

mark. Die Mitarbeit ist an die Bedingung geknüpft, dass sie anonym bleiben muss.

- 13.9.1933 Jochen Klepper beginnt am Buch ›Der Vater, Roman eines Königs‹ zu arbeiten. Dazu dechiffriert er als erster die Briefe Friedrich-Wilhelms von Preußen und studiert zahlreiche historische Quellen. Hanni hilft, indem sie Literatur besorgt und exzerpiert.
- April 1934 Bekanntschaft des Ehepaars Klepper mit Reinhold Schneider.
- Juli 1935 ›Juden unerwünscht‹-Schild am Schwimmbad von Südende. Jochen Klepper lässt darauf der Schwimmbadleitung sagen, dass auch er fortan auf den Besuch der Badeanstalt verzichtet.
- 3.9.1935 Jochen Klepper wird beim Ullstein-Verlag gekündigt.
- 25.9.1935 Einzug ins eigene Haus, Berlin Südende, Karlstraße 6. Dieses Haus, das Jochen als den ihnen von Gott zugewiesenen Lebensort betrachtet, wird von Hannis Geld gebaut.
- Sommer 1935 gemeinsame Reise der Eheleute Klepper nach Quedlinburg. Juden ist der Zutritt zu Dom und Schloß nicht gestattet – sie störten diese ehrwürdige Stätte der deutschen Geschichte durch ihr anmaßendes und auffälliges Verhalten.
- 15.9.1935 Nürnberger Gesetze. Jochen Klepper schreibt in sein Tagebuch: »Den Gedanken an die Zukunft der Kinder müssen wir gewaltsam unterdrücken, vermögen an der gegenwärtigen Situation noch nichts zu ändern.«
- September 1935 die erste Fassung des Romans ›Der Vater‹ wird fertig, es folgen lange Korrektur- und Kürzungsarbeiten.

- August 1936 anlässlich der Olympischen Spiele verschwinden alle antisemitischen Hinweise aus Berlin. Familie Klepper nimmt Gäste der Spiele bei sich auf.
- 26.12.1936 der nächste Roman Jochen Kleppers soll den Titel ›Das ewige Haus‹ tragen. Schon 1934 hatte Hanni angeregt, er solle ein Buch über die Ehe von Martin und Katharina Luther schreiben. Er notiert dazu in seinem Tagebuch: »Das ist genau das Buch, vor dem ich dauernd fliehen will«.
- Januar 1937 Brigitte Steins Freund trennt sich, da seine Eltern nichts von deren jüdischer Abstammung erfahren dürfen
- 24.2.1937 ›Der Vater‹ erscheint. Jochen Klepper überreicht das erste Exemplar mit handschriftlicher Widmung und Rosen seiner Frau. Gedruckt durfte die Widmung nicht werden.
- März 1937 Renate muss ihren 15. Geburtstag allein mit Eltern und Schwester feiern, es gibt keine Freundinnen mehr, die einer Einladung folgen würden.
- 13.3.1937 Hanni überträgt Jochen durch Schenkung die Hälfte des Hauses.
- 27.3.1937 Jochen Klepper wird aus der Reichsschrifttumskammer ausgeschlossen. Er erhebt dagegen Einspruch. Im Juni wird der Ausschluss bis auf weiteres zurückgenommen unter der Bedingung, dass alle zukünftigen Manuskripte vor Veröffentlichung vorgelegt und genehmigt werden müssen.
- Februar 1938 Brigitte und Renate werden aus ihrer Schule abgemeldet, da ohnehin keine Chance besteht, dass sie Abitur machen dürfen. Brigitte absolviert eine jüdische Han-

delsschule, Renate macht ihr Haushaltspflichtjahr bei Werner und Toni Milch in Wolfshau im Riesengebirge.

- 1938 das Buch ›Kyrie‹ erscheint, darin Jochen Kleppers Gedichte zum Kirchenjahr.
- 9.11.1938 nach dem Pogrom wird von den Eltern die Auswanderung von Brigitte und Renate in Erwägung gezogen und Vorbereitungen dafür getroffen.
- 17.12.1938 Taufe von Hanni und kirchliche Trauung von Jochen und Hanni in der Martin-Luther-Gedächtniskirche in Berlin-Mariensee
- 1938-1939 Bau des zweiten Hauses in Berlin-Nikolassee, Teutonenstraße 25. Wegen der Germania-Pläne von Albert Speer wurde das erstgebaute Haus enteignet und von der Reichsbahn abgebrochen.
- 24.2.1939 Verordnung über die Abgabe jüdischer Vermögenswerte. Brigitte und Renate müssen ihren Schmuck abgeben. Hanni darf ihren als Frau eines Ariers noch behalten.
- 10.5.1939 Auswanderung Brigittes nach England. Renate bleibt in Berlin, weil sie wegen ihres jungen Alters nicht als Haushaltshilfe vermittelt werden kann. Vor allem aber, weil die Eltern sich schwer damit tun, beide Kinder gleichzeitig zu verlieren.
- 22.5.1939 Einzug ins neue Haus.
- 1.9.1939 mit dem Beginn des Kriegs wird Post zu Brigitte und zu anderen ausgewanderten Freunden und Verwandten entweder geöffnet zugestellt oder gar nicht befördert.
- 1939 Bemühungen um eine Ausreise Renates in die Schweiz oder nach Schweden. Dafür wird auch das ›Büro Grüber‹, wo Katharina Staritz arbeitet mit eingeschaltet.

- 17.4.1940 Renate tritt aus der jüdischen Gemeinde aus und lässt sich am 9. Juni taufen.
- August 1940 Renate wird dienstverpflichtet zu Zwangsarbeit im Rüstungsbetrieb Siemens-Schuckert. Dadurch ist sie vom Arbeitsamt erfasst als Jüdin und gefährdet für die Deportation. Im Oktober erreicht Jochen Klepper, dass sie von der Fabrikarbeit befreit wird und an einem Kursus der jüdischen Gemeinde für Schnittanfertigung und Modezeichnen teilnehmen kann.
- September 1940 Musterung Jochen Kleppers.
- 3.12.1940 - 9.10.1941 Jochen nimmt als Soldat der Wehrmacht am Krieg teil. Wegen seiner Ehe wird er schließlich gegen seinen Willen als wehrunwürdig entlassen. In dieser Zeit gehen über 200 Briefe von ihm und 150 von ihr zwischen den Eheleuten hin und her.
- 5.9.1941 Verpflichtung aller Juden, den Davidsstern als Kennzeichnung zu tragen. Das betrifft Renate, Hanni ist durch ihre Ehe vorerst von der Verordnung ausgenommen.
- 9.10.1941 auf den Rasse-Erhebungsbogen von Renate wird der Vermerk ›erledigt‹ gestempelt, d.h. ihre Deportation wird eingeleitet.
- 23.10.1941 in einer Audienz bei Reichsinnenminister Frick, einem begeisterten Leser Jochen Kleppers, wird letzterem ein Schutzbrief ausgestellt, der einstweilen die Deportation Renates aufschiebt.
- Ende 1941 Jochen und Hanni aktivieren noch einmal alle ihnen zur Verfügung stehenden Beziehungen, damit eine Auswanderung Renates in die Schweiz, nach Schweden, England oder in die USA gelingt. Allerdings kommen für Jochen

Klepper nur legale Wege in Betracht, Flucht, Bestechung und dgl. lehnt er ab.

- Ende 1941 Brigitte heiratet in London den österreichischen Juden Fritz Molnar.
- 20.7.1942 Dienstverpflichtung Jochen Kleppers durch Freunde im Dietrich-Reimer-Verlag, ein Arrangement, das Jochen eine gewisse Freiheit bewahrt.
- September 1942 Kleppers erhalten durch ihren Anwalt die Information, dass bis zum Ende des Jahres die Deportation aller Juden aus Deutschland abgeschlossen sein soll.
- 15.-31.10.1942 Hanni und Jochen Klepper reisen nach Würzburg, Nürnberg und Augsburg.
- 5.12.1942 überraschend erteilt Schweden die Einreiseerlaubnis für Renate. Noch am selben Tag bittet Jochen Klepper um eine Audienz beim Innenminister.
- 5.12.1942 Kleppers erhalten per Telegramm die Nachricht von der Geburt der Enkelin Katharina Molnar in London.
- 8.12.1942 Jochen erhält bei Innenminister Frick die Auskunft, dass dieser keine Ausreisegenehmigungen für Juden mehr erteilen darf. Er wird zum Reichssicherheitsdienst zu Eichmann geschickt.
- 9.12.1942 erster Besuch im Amt Eichmann. Eine Ausreiseerlaubnis wird in Aussicht gestellt aber noch nicht erteilt.
- 10.12.42 Eichmann verweigert die Ausreisegenehmigung.
- 10./11.12.1942 Renate Stein sowie Jochen und Hanni Klepper nehmen sich das Leben.